中公文庫

老人初心者の覚悟

阿川佐和子

中央公論新社

老人初心者の覚悟　目次

老人初心者の覚悟

捨てた女

使うときに使わないけど、使わないとき使うものは、なんだ？

子供の頃、さんざん遊んだなぞなぞの代表格である。最近、玄関の戸棚を開けるたび、このなぞなぞを思い出す。

使いたいときには手元になくて、使わないのに増えるものは、なんだ？

答えは、傘。

いつのまにこれほど傘が増えたのだろう。数えてみると、全部で十六本ある。折りたたみ傘を入れると二十本だ。大家族じゃあるまいし、そんなに要るか？　と、自分にツッコミを入れたくなる。

傘マニアというわけではない。折りたたみ傘は別として、十六本の傘を吟味してみるに、自分が欲しいと思って購入したと、はっきり記憶にあるのはたった三本。案外、使い勝手がいいので愛用しているけれど、なぜ手元にあるかわからない傘が三本。友達に借りて、それっきり返さぬまま置いてあるのが一本。その他の九本はすべてビニール傘である。

ビニール傘というものが出現したのはいつ頃だったろう。安価で便利で、どこにでも売っていて、なんと重宝することか。その恩恵には心から感謝しているが、いかんせん簡便すぎる。だから気づくと増えている。

「あら、雨が降ってきましたね。どうぞこの傘、お持ちください。返してくださらなくてけっこうですよ」

出先で優しく差し出され、空を見上げて、ついお言葉に甘えることとなる。

「どうも。助かります」

返却不要と言われたが、いつかきっと返しに伺おう。そう思っても、結局、返さない。これがお洒落な高級傘ならば、なんとしてもお返ししなくてはという気持になるのだが、ビニール傘だとつい、「ま、いっか」と忘れてしまう。

「あら、雨だ。困ったな」

「傘、買えば？」

勧められても気乗りがしない。

「いや、ウチにいっぱいあるから……」

「ウチにあったってしょうがないでしょう。今、濡れないためには買わないと」

濡れて帰れば傘を増やさずにすむと思いつつ、あまりの雨脚の強さに観念する。

雨の日。玄関の戸棚を開けて傘を選ぶ。夕方には晴れるという予報だ。となれば帰り道は傘が邪魔になるだろう。いっそ捨ててもいいようなビニール傘を持って行こう。そう思い、中でもいちばんヘロヘロの、ビニールは透明度を失い、骨の一部が曲がりかけているような一本を取り出して、手にひっかける。すると、そういう日にかぎって、出先で言われるのだ。

「アガワさあ、テレビに出てるんだから、もう少しいい傘、買いなさいよ。情けない」

私とて、いい傘を持っていないわけではない。何本かは、ある。かつてお洒落なデザイン傘を持っていた。白い布地に黒いコウモリが大胆に描かれた、イラストレーター下谷二助さんの作によるものである。どこへ行っても、「あら、ステキ！」と褒められるので、調子に乗って頻繁に持ち歩いた。ある晩、コウモリ君を持って料理屋に入り、食事を済ませて出てきたら、傘立てに差しておいたはずの大事なコウモリ君が見当たらないのである。

「誰か、他のお客さんが間違えて持って帰っちゃったのかなあ。すいませんねえ」

お店の人に頭を下げられたが、あんな個性的な傘を間違える輩はいないだろう。悔しかったなあ、あのときは。

それ以来である。出がけに戸棚を覗いて、「たまにはいい傘を持って行こうかな」と思うやたちまち頭の中で、「また失くすぞ」という声が聞こえてくる。そして、「まあ、失くしても未練はない」と思う傘を選ぶ癖がつき、そういう傘は、決して失くならない運命にある。

土砂降りの雨が降っていた。私は歩道の隅の、屋根のある場所で人を待っていた。すると私の前を、ビニール傘をさした若い女性が通り過ぎていこうとした。雨だけではない。風も強い日だった。前屈みになって激しい風雨に立ち向かって歩いていた女性の傘が、突然、お猪口になった。たちまち彼女の髪も服もびしょ濡れだ。あらあら、可哀想に。女性はなんとか傘を元のかたちに戻そうともがくが、突風はそれを許さない。私は気の毒に思いながら見守った。すると次の瞬間、女性が傘を路上に叩きつけた。お猪口になったビニール傘は無残にも、捨てられたのだ。歩道の真ん中に。ビニールも骨も柄もひしゃげた格好のまま。

傘を捨てた女は、長い髪の毛を濡らし、薄手のワンピースを身体に張りつけて、憤然と歩き去った。

なんてこった。私は捨て置かれたビニール傘を見つめた。拾おうか。しかし拾ったところでゴミ箱は見当たらない。持って帰るわけにもいかない。しかたなく、私は片手で哀れな傘を持ち上げると、歩道の隅の、風雨の当たらない場所に移動させた。

安価なビニール傘を持ち、いっそ捨てて帰ろうかと思うことはある。しかし、思うだけで実行できない。路上に捨てられた、あのビニール傘の健気な姿が蘇るからか。あー、誰か傘を持たずにウチに来て、帰り際、「あ、雨が降ってきた」と言ってくれないかしら。そうしたら私は戸棚から一本、ビニール傘を取り出して、声をかけるのだ。

「どうぞこれをお持ちください。返してくださらなくてけっこうですよ」

ところで冒頭のなぞなぞの答えを発表します。正解は、風呂の蓋。あ、ご存じでした？

間違いの始末

夜、居間でテレビを見ながらゴロゴロしていたら携帯電話が鳴った。見覚えのないナンバーが表示されている。誰だろう。躊躇したのち、通話ボタンを押して耳に当てる。

「あ、もしもし。ちょっとお待ちくださいね」

若い女の子の声がした。居酒屋かバーからかけてきた気配だ。周囲の喧騒が声の後ろに漂っている。まもなく、

「もしもし？ あー、○○町の△△ですが、だんなさん、いらっしゃいますか？」

男の声に替わった。だんなさん？ ウチにそんな動物はいない。しかし○○町にはたしかに数人の友達がいないわけではないので、もしかして知り合いかもしれないと思い、

「は？　どなたですって？」

聞き返すと、

「○○町の△△ですが、だんなさん、いらっしゃいませんか？」

しばしの沈黙ののち、私は言った。

「どちらにおかけですか？」

相手は一瞬、黙ってから、

「Tさんのお宅じゃ……」

「違いますが」

問題はそのあとである。男の声は私に返答することなく、最初に出た女の子に語りかけている。

「違うってよ」

「え？　そうですか？　でも番号は０９０の○○××の□□△△ですよ」

それはたしかに私の電話番号だ。でも私はTさんじゃないぞ。

「あれ？　でも０９０の○○××でしょ？」

「おかしいなあ。どれどれ？」

男と若い女の子のやりとりが聞こえたのち、突如ガシャッと通話が切られた。

なんなんだ。私は残された着信番号を睨みつけてから、携帯電話を傍らに置き、視線をテレビの画面に戻したが、どうにも腹の虫が治まらない。まずテレビを消した。

それから電話を取り上げ、表示されている着信履歴の最上段を指先で押した。

「あ、もしもしぃ?」

最前の女の子の声が出た。私はあえて声色を低くして、

「あの、今、間違い電話をいただいた者ですが……」

「あ、はい」

やや慌てている様子。私は勢いをつけた。

「間違い電話をしたら、謝るのが人の礼儀ってものでしょ? 何も言わずに切るとはどういうことですか。失礼でしょう?」

「あ、申し訳ありません」

即座に謝られた。目的は達成された。

「はい。じゃ」

私はそそくさと電話を切った。怒ってはいるけれど、こちらも動揺しているのであ

る。もう一言、加えればよかったかと思ったが、そんな余裕はもはや私にない。電話を切ったあとも胸はドキドキしている。先方は電話を切ったあと、

「コワーイ！　おばさんに怒られちゃったよぉ」

「えー、やだねえ、クレーマーの一種？」

　仲間同士でそんな会話を交わしているかもしれない。だいいち、叱りつけたい対象はそもそもその子ではないのだ。もとを正せば電話をかけろとその女の子に命じたらしき男に責任がある。私が「違いますが」と応えたら、「あ、間違えました。失礼しました」と反射的に謝るのが社会人の常識だろう。自分の仕事の関係者、もしくは仕事に利をもたらす人間以外の、どこの誰だかわからぬ相手には、最低限の挨拶すらしない主義か。不愉快を解消するために電話をかけたはずなのに、不愉快が増幅した。どうしてくれる、と、私はまたもや着歴画面を睨みつける。もう一度かけて、その無礼なオジサンに謝罪を求めるか。しかしそこまでしたら、本格的なクレーマーと思われてしまうだろう。私は着信履歴に残された番号をきっぱり削除した。

　かつて相手の番号が表示されることのなかった時代、電話が鳴っても誰からのものかはわからなかった。だからどんなときにも丁寧に出た。

「もしもし？」

気取った声で出てみれば、「なんだ、母さんか」と、たちまち声を低くする。こちらからかけるときも、そのお宅の誰が出るかわからない。友達の家にかけるときでさえ、気取った声を用意する。

「もしもし、○○さんのお宅でしょうか？」

かけてみたらその家の、怖いと評判のおばあちゃんが出てきて、

「どなた？　え？　聞こえない！　もっと大きな声で言いなさい！」

こういう怖い声に鍛えられたのである。男の子たちは、好意を抱く女の子の家に電話をかけて、その家の父親が出てくる恐怖を乗り越えてきたのである。ところがこのご時世、携帯電話を使っているかぎり、「誰だろう？」と恐る恐る電話に出ることはほとんどなくなった。間違い電話をかける確率も減ったと思われる。そして人は他者への礼儀を忘れた。突発的事故の始末の仕方を学習しなくなった。

若い頃、弟が駅から「車で迎えにきてよ」と電話をかけてきた。

「甘ったれるな。男だろうが。歩いて帰ってこい！」

私は弟を一喝して電話を切ったが、へこたれない弟は再びかけてきた。

「ねえ、お願い。疲れちゃったんだもの」

「ダメ！」

電話を切ったら、また鳴った。私は受話器を取り上げて、

「しつこいぞ！」

怒鳴りつけたら、父の大事な知り合いだった。たちまち気取った声に変換し、平身低頭。こういう失敗をして大人になるのだよ、○○町の△△さん！

音色はいずこ

音楽を聴かなくなった。

いつ頃からだろう。以前は家で食事を作りながら、あるいはお酒を飲みながら、ゆったりした気持で音楽を聴くことが多かった。一日に一度ぐらいは、「今日は何を聴こうかな」と思ったし、原稿を書いている間ですら、傍らで音楽を流していたものだ。もっとも文章を書いているときに、詞のある音楽を聴くのは難しい。頭のなかで言葉が重なって混乱するからだ。原稿を書くときはインストゥルメンタルにかぎる。その点、比較的穏やかなクラシック音楽が向いていると思われる。

かつて、原稿を書きながらもっぱら聴いていたのは、カラヤン指揮の「アダージョ」シリーズだった。そのＣＤと出合ったのは、友達の家でのことである。友達はその頃、失恋した直後だった。「どうしたの？」とさりげなく失意の経緯に耳を傾けていたとき、室内に流れていたのがこのＣＤだった。私はその美しい音色に一気に惹かれた。切ない失恋話のＢＧＭにぴったりだったせいもある。

「これ、なんの音楽？」

訊ねると、

「ああ、これ聴いていると心が落ち着くの」

そう言って、ジャケットを差し出された。

私はさっそくレコード屋（とはもはや言わないのね）へ走り、「アダージョ」シリーズのⅠからⅢまで一気に三枚を購入した。

たしかに聴いているとざわつく気持がおさまる。パソコンのスイッチを入れると同時に、ＣＤデッキに一枚をセットして、穏やかな音色に合わせ、キーボードを叩いた。最初は音楽に耳を奪われるが、しだいに音が遠ざかり、いつのまにか書くことに集中している。その意識の自然なスライドが心地よい。

クラシック音楽に限らず、昔から音楽全般は好きだった。原稿書きと切り離せば、そもそも人の声によるハーモニーが好きなので、古くはＰＰ＆Ｍ、ママス＆パパス、続いてスウィングル・シンガーズ、サイモン＆ガーファンクル、そして大学時代には思いを寄せた彼の影響を受けてクロスビー、スティルス、ナッシュ＆ヤングに夢中になり、その後、魅了されたのはマンハッタン・トランスファー。ご推察の通り、まったくもって一貫性がない。一貫しているのは、ハーモニーがきれいなグループというところだろうか。でも、ハーモニー音楽だけでなく、「いい！」と思ったら、松任谷由実でもジャズでもミュージカル音楽でもハワイアンでもクラシックでも、ジャンルを問わずなんでも聴いて、好きとなったらしつこく長く聴くというのが、私の傾向かもしれない。

二十代の半ば、男友達が私のためにオリジナルのカセットテープをプレゼントしてくれた。彼はジャズに詳しく、私がちょうどジャズに興味を持ち始めた頃だった。

「サムデイ　マイ　プリンス　ウィル　カム」（いつか王子様が）というディズニー映画のテーマソングがジャズにアレンジされているというのを知り、「聴いてみたい」と申し出たところ、

「いろんなジャズ・ミュージシャンがカバーしているから、まとめて録音してあげるよ」

こうして出来上がったカセットテープを受け取って、ウチで聴いてみたところ、マ

イルス・デイヴィス、ビル・エヴァンス、スーパー・ジャズ・トリオなどによる、それぞれまったく異なる趣の「いつか王子様が」が演奏されていて、その楽しいことといったら。が、最後に、聴いたことのないピアノ曲が流れてきた。「いつか王子様が」の曲ではない。けれど、えも言われぬ魅力的なメロディとピアノのタッチ。ときどきピアニストの声や共鳴が混ざっている。ピアノ演奏の途中に加わるサックスの音色がまたセクシーだ。

「なんじゃこりゃ？」

と思いながら、いつしか私は感動して涙を流していた。

あの頃は、そんな具合に何かのきっかけを通して、一曲ずつ気に入り曲や演奏者、歌手を増やしていった気がする。

基本的に音楽を好きになるタイミングは、二つあると思っている。まず、一耳惚れ。一目惚れのように、初めて出合ったにもかかわらず、「好きだ！」と直感する場合。もう一つは、何度も繰り返し聴くうちに、だんだん好きになる場合。どちらも好きの度合いに差はないが、このピアノ曲は、間違いなく前者のタイプであった。その曲の名は、「マイ・ソング」。演奏者はキース・ジャレットだった。

「すごくいい！　なんて曲？」

　カセットテープ創作者の友達に訊ねると、

「実は『サムデイ　マイ　プリンス　ウィル　カム』を録音し終わったら、少しテープが残っちゃって、おまけと思って録音しただけ」

　あれからもはや三十数年、私はいまだに「マイ・ソング」を聴いている。って、最近、音楽を聴かなくなったという話をしていたのにね。

　どうして聴かなくなったのか。それは、音楽を聴く環境が変化したからではないか。誰もがレコードプレーヤーやＣＤデッキを持っていた時代は終わった。今どきの若者は携帯電話、ｉＴｕｎｅｓなどで音楽を楽しんでいるという。あ、そうなんっすか？　と思って検索するのだが、なにをどうすれば好きな音楽にたどり着けるのか。どういう環境で音楽を聴けばいいのか。どうもその手立てに馴染めない。そうこうするうち、昔から持っていたオーディオセットが壊れた。新しいのを買おうかなと思っていると、周囲の誰もが、「もはやＣＤを買ったりカセットデッキにかけたりする時代じゃないよ」と笑うので、二の足を踏む。ならば新たな方法で音楽が聴けるのか？　よくわからない日々を過ごすうち、音楽を聴かなくなっている。寂しい……。

夏帽子

帽子を買った。

いわゆるパナマ帽である。と言ってもかたちがパナマ帽っぽいだけで、本物のパナマ帽ではない。タグを見ると、「紙70％、ポリエステル30％」と書いてある。なんだ、麦わらですらないんだとわかったが、それでも頭に乗せるとなんとなく、幼い頃の夏、ゴザシーツの上で寝たときの涼やかな感触が蘇る。あの頃は、夏になると頻繁に麦わら帽子をかぶっていた。

子供時代は帽子と仲良くしていたものだ。遠足のときにかぶり、木綿のワンピースを着るとツバの広い麦わら帽を頭に乗せ、夏のキャンプ用にはまた新しい帽子が欲しくなりといった具合に、数年に一度は帽子を更新していた記憶がある。夏休み、広島の親戚の家に遊びにいって橋を歩いて渡っている途中、ふいに強い風が吹いてきて、大好きな麦わら帽子がふわりと浮いたと思ったら、川面に向かってひらひらふわふわ落ちていった。そのときの切なくも美しい光景をいまだに忘れることができない。

それ以来、多少、格好悪いと思いつつ、あごで結ぶ紐をつけてもらってかぶるようになった。これで安心、帽子が吹き飛ぶ心配はなくなったと思いきや、電車に乗って座席に座り、つい座席の背にもたれかかったら、グシャッと音を立てて帽子のツバが潰れ、見ると折れた勢いでぽっかり穴が開いていた。そのときの情けない気持も忘れられない。

いつの頃からか、帽子と縁が遠のいた。帽子をかぶること自体には大いなる憧れがあるのだが、今ひとつ勇気が出ない。いかにもさりげなくかぶっている人を見て、意識しすぎるからいけないんだ、よし、私もさりげなく真似してみよう、と思い直してかぶってみるものの、なんとなく気恥ずかしく、なかなか習慣には至らない。

数年前にも一つ、パナマ帽のような帽子を買った。

「お客様にはこちらのほうが、顔の印象が柔らかくなってお似合いだと思いますよ」

帽子専門店で勧められ、ややフェミニンなかたちの夏用帽子を購入した。そしていざ、出かけるときに手に持ってみるのだが、どうも気が引ける。似合っていないような気がする。そもそも欲しかったのは、もっとマニッシュなタイプだった。選びまちがえたのではないか。そう思うと、かぶる意欲が失せる。たとえ手に持って出かけても、目的地までかぶり続ける気力がない。人に会い、「おお、帽子ですかあ……」と驚かれ、軽く笑われて、ついでに「あんまり似合ってないわねえ」なんて言われるかもしれないと、言われなくてもそういう事態を妄想し、つい、鞄のうしろに隠してしまう。そんなこんなの繰り返しを経て、いつのまにかクローゼットの奥に置いたきりである。

久しぶりにぷらぷら近所を歩いていたら、帽子屋の前に出た。店先にワゴンが置かれ、セールの夏帽子が重ねられている。そうそう、こういうのをかぶりたかったのよね。ふと思い出し、ためしに一つ、頭に乗せてガラス戸に自分の姿を映してみると、ガラスの向こうの女性と目が合った。その視線に誘われて、店の中に足を運ぶ。

「いらっしゃいませー。お似合いですよぉ」

そりゃ、そう言うだろうな。

「お安くなっているでしょ。とてもその値段には見えないでしょう？」

かぶったり脱いだり、そして改めて値札を見ると、二千五百円。お、たしかに安いね。ちょうどその前日、たまたまカタログ雑誌をめくっていたら、パナマ帽にはだいたい七千円とか八千円とかの値がついていた。私はしばし、色違いやデザイン違いの帽子を頭に乗せて、それからおもむろに、

「実は、以前にもここで一つ……」

「はいはい。よく覚えていますよ」

女主人がにこやかに微笑んだ。そうか、覚えられていましたか……。「本当のところ、あのデザインは……」と言いかけたとき、

「あれはいい帽子でしたね。お買いになったときのこと、よく覚えています。素材も本物でね。正直、こちらよりずっとモノはいいんです。ああいうタイプのものはめったに入荷しないんですよ」

私が手に持つ二千五百円の帽子を指さしながら女主人が懐かしむかのような顔をした。

「えー、そうだったんですか」

反応すると、

「もしかして、もうかぶっていらっしゃらないんですか？」

「いえ、ウチに置いてあります」

答えてから急いで頭を巡らせる。置いてある。置いてはあるはずだが、どこにしまったっけなあ。

そんな会話と経緯の末、私は「お手頃価格」のパナマ帽風帽子を購入。「よくお似合い！」という女主人の声を背に、店をあとにする。

しかし私の頭には、帽子とともに別の気がかりがのしかかってきた。

「さて、どこにしまったか……」

いい品だったと言われてにわかに価値が上がる。未練がつのる。新しい帽子もさることながら、あの帽子をもう一度、かぶってみたい。家に戻り、さっそく探索を開始した。

「ケチなアガワさんが捨てるってことは、考えにくいですねえ。きっと出てきますよ」

秘書アヤヤになぐさめられても、いまだに発見されない。いい帽子だったのに。似合っていたかもしれないのに。新たな安い帽子を頭に乗せて、私は嘆息する。まるで昔の女に思いを馳せつつ、新たな女を抱き寄せる、ダメな男のように。

老化の片隅

歳を重ねるにつれヒタヒタと迫りくる老化現象の数々に、その都度、嘆き、まもなく慣れ、そのうち「ま、そんなもんか」と諦観してきた私である。たとえば二十代の初めの頃より目尻にシワが多かったのだが、そのため「人前であんまり笑いすぎないほうがいいよ」とか、「干しクビみたいな顔してるね」とか、無神経な男どもにケロリと言われ、ショックを受け、夜中ムラムラと腹立ちが蘇り、そいつらの藁人形を作ってやろうと企んだことが幾度あったか。しかし、彼らを恨みつつ、たしかにこのまま歳を取っていったら目も当てられないシワシワばあさんになるんだわと将来を深く憂えたのも事実である。ところが、嘆くわりにはたいしたケアもしないまま歳月が過ぎるうち、いつしか年齢がシワに追いついて、まあまあそれなりのシワの寄り方の定着した感がある。加えてデジタルカメラの出現は偉大であった。

五十代の半ば頃だったか。さる女性誌の取材を受けて写真をバシバシ撮られた。もちろんプロのヘアメイクさんにしっかり化粧をしてもらい、プロのスタイリストさんの選んでくれた洒落た服を着ていた効果もある。掲載誌を見たら、私にしては珍しく、「あら、けっこうきれい？」と誇りたくなる出来映えになっていた。嬉しくなった勢いで、その雑誌の担当編集者青年に電話をし、

「先日はありがとうございました。私にしては珍しく、美しく撮っていただいて……」

お礼を申し述べると、先方が受話器の向こうで一瞬、戸惑った様子だったので、

「もちろん、修整はしてらっしゃるんでしょうけど」

照れ隠しに言葉を重ねるや、即座に、

「いえ、そんなにはしてません！」

なんだ、してたのか……。

でも、少しだけ（？）の修整のおかげでこんなに気分がよくなるのだから、やはりデジタルカメラの威力に感謝しなくてはならない。おかげで最近は、写真を撮られるときであっても、笑顔を中途半端に加減する必要がなくなった。

シワの他にも毛髪ボリューム問題、頬垂れ問題、腹部周辺浮き輪現象（別名チチ下肉問題）、手の甲の縮緬化現象など、際限なき老化現象が次々に私の心を沈ませてきたが、それらも長くつき合ううち、「ま、そんなもんか」と半ば諦めの境地に至るものである。

が、ここ最近、新たな問題が浮上した。実のところそれはここ最近の現象ではなく、思えば十年ほど前から兆候は表れていた。

あれはいつだったか。ある朝、起きて洗面所の鏡の前に立ち、自分の顔を見てみると、

「あーあ、まぶたがむくんでる」

そこそこ二重だったはずの目の上の肉がどんより膨らんでまぶたの上に覆い被さり、いつもの横ラインがすっかり隠れている。しかしその時点では別に落ち込まなかった。おそらく前夜のお酒のせいだろう。あるいは疲れが溜まっているのか。水分を取って代謝をよくすればすぐに直るとタカをくった。ところがその日以来、私のまぶたは今日に至るまで、むくみっぱなしなのである。

まぶたのむくみの原因は、不摂生でも深酒でもない。もちろんものもらいでもなか

った。そうではなくて、筋力の低下と引力の導き、すなわち老化現象によるものだったのだ。と気づいたのはだいぶあとのことであり、それも「ま、そんなもんか」で受け入れようと思っていたのだが、この頃、困ったことになっている。

テレビ番組に出演すると、ワイプという手法を使って頻繁に、画面の端っこに自分の顔が映し出される。スタジオでそのＶＴＲを見ている出演者の反応を画面に載せたいという趣旨である。そんなことしてくれなくてもいいんですけどと、私は思うのだが、どうやら出演者の中には、そのワイプ映りで自らをアピールしようと思っている、あるいはアピールするよう教育されている若いタレントがいるらしい。スタジオの床に設置されたモニターに映るＶＴＲ画面を見ながら、「うわー、コワーイ！」とか「ウッソー。信じられない！」とか、ことあるごとに大げさではないかと思われるほど過剰な反応を示す方々がおられて、私のほうがギョッとする。

ところが私としては、ＶＴＲが流れている間は、さほどカメラを気にしなくてもいいという習性が染み込んでいるため、つい表情に緩みが出る。緊張感が薄らぐ。加えて老化現象の一環である視力問題のせいで、モニターの映像がよく見えず、必死に焦点を定めようとするあまり、つい目つきが悪くなってしまう。と、いかにも人相よろしくなき、自らのまぶた半開き顔が突然、モニターのワイプ画面に映し出され、そのおぞましき顔に驚いて、慌てて目をパッチリ開いてみるが、ときすでに遅し。

番組収録後、仕事仲間のメイクさんにこの憂いを訴える。

「あーあ、あのワイプっていうの、苦手だわ。ひどい顔で映っちゃうんだもの」

するとメイクさん、ケロリとした顔で、

「え？　そうでしたか？　そんなことないですよ。いつものアガワさんの顔でしたよ」

慰めてくれた。私の気持を慮ってくれたのである。でも私の心はさらに落ち込む。そうか、私はいつも、あんな顔でウロウロしているということか。でもこれも、いずれ慣れるだろう。老化とは、ひたすら順応することである。ついでにアンチエイジングとは、順応したくない人のためのものである。

たったオノマトペ

朝のワイドショーは、よくぞこんなに毎日、新たな知恵を伝授してくれるものだと感心する。

あるときは、「肩こりを軽減する方法」として、横隔膜を意識して大きく呼吸をしなさいと教えてくれた。またあるときは、腰痛を防ぐ「寝転んでできる体操」について解説していた。血液をさらさらにする食物や賢い収納法や、ファンデーションを上手に塗る方法を紹介した日もある。

つい先日は重い荷物を持つコツを、合気道の先生の指導のもと、出演者が実践してみせた。なんでも荷物を持つ前に、三回ほどつま先立ちをすると、身体の中心に軸が定まって、身体全体の力を総動員させることができるそうである。「キャー、すごーい！　軽々持てます！」という歓声を聞いて、私もさっそく試したくなった。重いものはどれだ、どれだ。これはどうだと、近くにあった加湿器を持ち上げてみたら、案外、軽いな。最近の家電は軽量化が進んでいる。素晴らしい！　と感心している場合ではない。再びあたりを見渡して、床に本が積み上げられているのに気づき、本をビニール袋に詰め込んで二袋つくり、両手にぶらさげる。まだ軽いか、もっと重くしようなどと、朝から一人で大騒ぎだ。

　いずれのミニ知識にも、「こんな簡単なことで、驚きの効果！」なんてアナウンサーの嬉々とした声が伴う。

「一日たった十分の体操で、簡単に改善されますよ」

「たった十五秒、いつもの生活に取り入れればいいのです」

「たった二十分、毎朝、お試しください！」

「たった三回、繰り返せばいいのです」

　すべてに「たった」がつく。「そうか、たった○○か」と、私は即座に感化され、その日を境に実践しようと心に決める。

　そんな朝の興奮が繰り返されると、どうなるか。

「たった」が積もっていくのです。「たった」を合計すると、「だいぶ」になるのです。

しかも、「たった」が多すぎて、頭のなかが「たった」だらけになっていき、どの「たった」が何に効くのか、どう「たった」すればいいのか、わからなくなってしまうのですね。

こうして「たった」は、たった数週間で記憶の彼方へ消え去っていく。

でもこのたびの新たな知識は「たった」ではなかった。すなわち、「サー、タン、パッ、トン」というおまじないを唱えるだけで、幼稚園児のほとんどが七段の跳び箱を跳べるようになったという話である。「サー」と言いながら走り出し、「タン！」と踏み台で両足をつき、「パッ」と両手を跳び箱の上に置き、「トン」と着地する。まあ、お見事。画面のなかで幼い子供たちが高い跳び箱を面白いほどに越えていく。他にも逆上がりのできない子供には、「ギュ、ピタッ、クルン」と唱えさせれば、「うわ、できた！」という具合なのである。

「結局、リズムがつくのですね。オノマトペにはそういう力があるのです」

園児の喜ぶ顔に共感したが、この世に、「オノマトペ研究家」なる人が存在していることにも驚いた。

オノマトペとは、フランス語で「擬音語」を意味するらしい。擬声語、擬態語もその内に属する。ギャーギャー、ワンワン、ヒラヒラ、イライラ、よぼよぼ、ドカンなど、挙げればキリがないほどのオノマトペを私たちは常日頃から発している。が、それらがリズムをつけるのに役立つという意識は、少なくとも私の場合はさほどなかった。むしろ、ある動作、あるいは状態・情景を表現するにあたり、より具体的に親しみをもって伝えたいと思うとき、擬音語や擬態語をくっつけたくなるのである。

昭和三十年代の初めに父、阿川弘之はさる方から「絵本を書いてみないか」と誘われた。子供の本を書いたことのなかった父は、「もし書くのなら、自分の好きな乗り物をテーマにしたい」とひらめいたが、「もし乗り物について書くのなら、擬音は欠かせない」と思ったようだ。当時、優れた日本語の文章に擬音を多用するのは邪道と思われていた……らしい。そこで父は、

「擬音を使ってもいいのなら……」

条件をつけたところ、「どうぞどうぞ」との許しを得て、その末に生まれた絵本が、『きかんしゃ　やえもん』である。

「しゃっ　しゃっ　しゃくだ　しゃくだ」

「ちゃんちゃん　かたかた　けっとん」

「とっても　つかれて　けっとん」

「けろろん　ろんろん　けろろん　ろん」

よくもまあ、たくさん擬音語を使ったものだと驚くが、このリズミカルな文章の効果もあってか、『きかんしゃ　やえもん』は、父の最長ベストセラーとなり、その子供である私は「けろろん　ろん」と無事に育つことができたのだと感謝している。

かつて私は小説のなかで、「男がウリウリ歩いていたら」というような表現をしたところ、担当の編集者氏から、「このウリウリってなんですか？　瓜売りのことですか」と問われ、「へ？　使わない？」と訊き返すと、「聞いたことないです」と呆れられた。ウリウリがなんだと問われると、ウリウリ歩く感じなんですけど、周囲で使っている人はあまり見かけない。

「目がまくまくする」と言って驚かれたこともある。使いませんか？　目ってときどきまくまくするでしょう。チカチカでもなくてヘロヘロでもないけれど、どうも疲れた感じのときに。同意を得られずがっかりしていたら、先日、母が呟いた。

「あー、目がまくまくしてきた！」

ほらね。でもこれ、阿川家限定のオノマトペかもしれない。

比較の力

宇野亜喜良さんのエッセイを読んでいたら、面白いことが書いてあった。

「何故か、好みを言うとき、人は対象物を出して比較二元論で語ることが多い」（立東舎文庫『定本　薔薇の記憶』より）のだそうだ。

「レオナルド・ダ・ヴィンチよりもミケランジェロの方が好きだ。暗めの密室で女性を描くことの多いレオナルドより、巨大な彫刻や広大な教会建築の中で絵を描いたミケランジェロの方が壮烈だと思う……というようである」。（同上）

なるほどね。と、感服し、私だったら何と何を比較して語るだろうかと考えた。

しかしまず、それをやるには、比較するべき二つの対象に、双璧をなすだけの力量を認めなければなるまい。宇野さんの挙げている対象物は、たとえばピカソとマチス、黒澤明と小津安二郎、フェリーニとヴィスコンティといった具合である。さらにそれを論ずる側は、双方がどういうものであるかの知識教養を有していなければならないということに気づく。

男性諸氏が野球を論じるのを聞いていると、よく登場するのが、

「俺はイチローのほうが好きだ」

「いやいや、俺は断然、松井秀喜がいいね」といったやりとりである。あるいは、

「僕は昔から王監督派なんですよ」

「へえ。僕はなんたって長嶋茂雄派ですね。長嶋監督のおかげで育ったようなものだもの」

そういう男性の論議にたまたま居合わせたとき、私は考え込む。今、挙がったスターたちの活躍をまったく知らないわけではないけれど、論戦に参加できるほどの知識と持論を展開させる自信に欠ける。どちらが偉いのか、よくわからない。はばかりながら、長嶋監督にも王監督にも直接お会いしたことはあるが、どちらも立派な方だ。努力家で優しくて、ユーモアに富んでいて、体型を含めて大物感が半端ではない。スターのオーラがひしひしと伝わってくる。私ごときが評論できる対象ではない。

イチロー選手と松井秀喜選手だって、ひたすら、すごいなあと思う。タイプはぜん

ぜん違うけれど、どちらのほうが優れた選手なのか語る言葉を知らない。「どちらもご立派！」としか言いようがない。

となると、私はどういう対象物なら比較して論じることができるだろう。

うどんと蕎麦。

子供の頃はまちがいなく「うどん派」だった。きつねうどんにたぬきうどん。たまには鍋焼きうどんも豪華である。幼い頃、熱を出して寝込んだとき、近所のうどん屋さんから素うどんを出前してもらって食べるのが、療養中の何よりの楽しみだったことを思い出す。蕎麦が嫌いだったわけではないが、うどんほど「食べたい」気持にならなかった。ところが大人になり、お酒を飲むようになってから、蕎麦の味を楽しめるようになった。だし巻き玉子や蕎麦味噌やかまぼこをツマにして熱燗でほろ酔い加減になった頃、

「では、そろそろ蕎麦を注文しましょうかね。えーと、私はやっぱりザルかな。あ、かき揚げせいろもいいですねえ」

だから結局、私は今、蕎麦もうどんも、どちらか片方に肩入れすることはできない。その日の気分で、どちらも好きである。ダメか。

もう少し、高尚な対象物はないものか。

ビートルズ派と、アンチビートルズ派というのは、たしかに存在する。ビートルズが来日したのは私が中学一年のときだった。ちょうどその日、私は運悪く、風疹に罹って入院中だったので、あの世紀の映像、飛行機のタラップを降りる法被姿の四人を見損なってしまった（記録映像は何度も見たが）。だからというわけではないけれど、ビートルズの音楽は、「妙に騒がしい」と思うものが多く、落ち着いたメロディの「アンド　アイ　ラヴ　ハー」とか「ヒア　ゼア　アンド　エヴリホエア」など以外は、さして興味を抱かなかった。ところが後年、メンバーが一人ずつ亡くなっていくにつれ、じわじわと好きになる。もう四人揃って生の歌声を聞くことは叶わないのかと思った途端、「いい音楽だねえ」と思うようになった。気づくのが遅すぎる。

でもときどき、「実は僕はビートルズがあまり好きじゃなかった」という人がいるらしいと知った途端、「おお！」と同志を得た気持になった。そう思う根拠がかすかにわかるからだ。同志と一度、どこに抵抗があったか論じてみたいものだ。その際、ビートルズに対抗する対象物を挙げることができるだろうかと思うと自信がない。イーグルスでもないしローリング・ストーンズでもないし、ミリタリールックだけどザ・タイガースでもないものね。比較二元論が成立しない。これもダメか。

「縄文と弥生っていうのはどうですか？」

我が秘書アヤヤがヒントをくれた。

「縄文と弥生？」

「どっちが好みのオトコの顔かって話ですけど。私は断然、縄文派です。自分が弥生顔なんで、つるんとしているより、骨張った顔のほうが好きなんです」

「それってつまり、醤油顔かソース顔かってこと？」

「まあ……」

どうだろう。そういう基準で選んだことがあるだろうか。だいたい異性の好みというのは、好きになったときに決まるのか、好みの顔だから好きになるのか。その点も曖昧である。別れたあと、なんでああいう顔が好きだったのかと、自分でも解せないときがある。あばたもえくぼ。あるいは遺伝子の補塡欲求が好みを決めるのか。

目玉焼きに醤油をかけるかソースをかけるかということで言えば、私は断然、醤油だ。でも、塩と胡椒もおいしいね。ダメか。私にはそもそも比較二元論を語る資格のないことがわかった。

まぶたのハハハ

今に始まったことではないが、まぶたが垂れてきた。みるみる垂れてきた。その垂れ具合が最近どうも、加速しているような気がしてならない。

自分の写っている写真や映像を見るたび、「へっ」と驚く。こんなに私、目が三角形だったかしら。もともとがタヌキ系の垂れ目であることは自覚していたが、もう少し、なんというか、パッチリしていなかった？

仕事上にて長年お世話になっているヘアメイクアップアーティストのチカちゃんに、それとなく愚痴ってみたところ、

「そんなことありません！」

言下に否定された。その、私の言葉に無理やり蓋をするかのごとき強い言い方に、私は納得した。……やっぱり垂れているんだな。

メイクさんという職種の方々はおしなべて見事な気遣いの持ち主である。これから美しく仕立て上げようとする対象の機嫌を損ねると、自らの仕事に支障をきたす。どんなに肌が荒れていようともカサカサに乾燥していようとも、たるんでいようが皺だらけであろうが、それを正直に、「あらあ、土台がひどすぎますねえ」なんて、口が裂けても言ってはならぬ。

「スッピンでもじゅうぶんおきれい！　でもせっかくだからもっときれいにして差しあげましょう！」

　おかげで化粧をされる側はいい気分になる。プロがそう言うんだから、そんなにひどくはないのかもと安堵して、かりそめの輝きに満足するのである。でも、メイクさんとの付き合いが長くなると、わかってくる。どれが本心で、どれが慰めの言葉であるか。

　たいていのメイクさんは心優しい。そして本当のところは極端なお世辞が苦手である。だから、

「なんか、ひどい顔でしょう？」

　こちらが投げかけたのち、メイクさんが何秒の間をあけて返答するかを見れば、そ

れが気休めであるかないかはすぐにわかる。

たとえば三秒以上の間があったとする。「なんとお答えしたものか……」と悩んでいる証拠だ。だからそのときは、本当に「ひどい顔」なのである。

あるいは一秒も待たぬうちに力強く、「そんなことありません！」と言われたら、それもまた、現実をなかったことにしようという意志の表れだ。だからやっぱり、「ひどい顔」なのである。

さて、メイクのチカちゃんは、私がまぶたのたるみを気にして吐露した嘆きの言葉を「そんなことありません！」と否定したわりに、その少し後、目の上にアイシャドウを塗りアイラインを引いてから、私の傍らでなにやら見慣れぬ道具を取り出して、ゴソゴソと作業を始めた。私は鏡越しに問いかけた。

「なにやってんの、チカちゃん？」

「いえ、ちょっと」

と言うが早いか、私の目の上にバサリと何かが貼りつけられた。べたりとした感触がまつげの上を覆う。たちまち目が重くなる。

「もしかしてこれ、つけまつげ？」

「はい、ちょっとつけてみました」

「やだあ、そういうの。私、嫌いなんだから」

そもそもが横着者である。お化粧もなるべく最低限で済ませたい。アイシャドウはつけるにしても、できればマスカラは塗りたくない。落とすときが面倒だからだ。まして、つけまつげなんて、こんなにベタベタしたものを……と、鏡に映る自分を見つめて驚いた。

目が大きくなっているではないか。もったりとしたまぶたがパッチリ開かれている。若き日の自分のつぶらな瞳が戻ったかのようだ。

「あら……悪くないわね」

「でしょう！　つけまつげくらい、つけましょうよぉ。みんな、つけてますよぉ」

少しその気になった私をチカちゃんが後押しする。

「つけまつげだけじゃないですよ。今の子はみんな、エクステしてるんだから」

「エクステって、髪の毛の？」

「違います。まつげエクステ！　一度やれば一ヵ月くらいは持ちますから」

「ってことは、一ヵ月に一度はどこかに通わなきゃいけないんでしょ。面倒臭い」

「じゃ、つけまつげでいいです。マスカラより落とすときも楽！　アガワさん向きです」

巧みなチカちゃんのリードに従って、最初は渋々、そのうち素直に、今では自ら積極的に、

「今日もつけまつげ、よろしくね」

そして先日とうとう薬局にて「つけまつげ用接着剤」なるものを購入した。これさえあれば、チカちゃんにつけてもらって持ち帰り、大事に取っておいたつけまつげを、普段も自分で装着することができる。

せっかちな性格のわりに、いざコトを起こそうとすると何事も人の三倍遅れてスタートする私である。いや、遅れていたのではない。意志を持って頑なに拒否していたのだ。顔は自然がいちばん。いくら衰えたからといって、打ったり貼ったりくっつけたり引っ張ったりして人工的に若返ろうとする、その根性が気に入らない。断固としてやるまいぞ。そう心に決めて数十年。それなのに今、私ははまりそうである。これがつけまつげで留まるのならまだいいが、今後どこまでエスカレートするか。現に、

「こんなテープもありますよ」とチカちゃんに教えられた、「まぶたの上につけてたる

みを引き上げるテープ」にも手を伸ばした。ああ、怖い。このアンチエイジング中毒に、私はいったいどこで歯止めをかけられるであろう。まぶたとともに、心が重い。でもつけまつげは、心を軽くしてくれるの。

小さな得

　オンナは背が低いほうが得だと人は言う。そうかなあ。お互い様ではないだろうか。背の高い人は、姿勢が悪くなるとか頭をぶつけやすいとか、いろいろこぼす。しかし背が低いほうには低いがゆえの不満がたっぷりある。まず、視界が狭い。人混みに埋もれる。高いところのものに手が届かない。常に上方へ視線を向けて胸を突き出して歩くせいか、「小さいくせに威張っている」と揶揄される。いくつになっても大人のオンナのムードを醸し出すことができない。なにかと子供扱いをされ、あげく、肩を肘掛けがわりに利用されることが多い。

　ちなみに私の身長は公称百五十センチ。でもだいぶ昔から明らかに身体の縮小が進んでいるので、今はたぶん百四十七、八センチしかないだろう。十年以上前に病院の定期健診を受け、身長計に乗せられた。そして係の看護師さんからあっけらかんと、

「百四十八センチ」

大きな声で告げられて、私は思わず彼女を見返した。

「ええ？　嘘でしょ！」

すると看護師さん、涼しい顔で、

「測り直しましょうか？」

悔しいから測り直してみたけれど、やはり数値に変化は表れなかった。人間は歳を取ると縮むんだ。そう合点したのはそのときである。以来、身長を測っていない。もっと縮んでいたら悲しいから知らないことにしている。

実態がそういう具合であるのに加え、近年、ヒールの高い靴を履かなくなった。腰痛のせいだ。テレビ番組収録などの仕事先では履き替えるけれど、移動中はだいたいペタンコ靴で通す。昔はスーツやワンピースの下に運動靴を履いているのはみっともない、人目にも失礼であろうという危惧があった。が、いつの頃からか、ニューヨークあたりの働く女性がスーツの下にスニーカーを履き出した。そしてそれが「カッコいい！」という国際的認定を受けた。その認定期間が継続中かどうかは知らないが、私はいまだに「カッコいい！」と信じることにしている。

　寄る年波には勝てず背丈が縮んだ上、高いヒールを履かないからますますチビになった。初対面の人や、街中で通りすがりの人に声をかけられて、「あ、アガワさん！」という笑顔の次に続くのはたいがい、

「ちっちゃーい！　もっと大きい人かと思ってたぁ」

　極小のソーセージを見つけたかのような驚愕の声を上げられて、私は即座に言い返す。

「態度が大きいだけなんです」

　先方は笑いながらも深く納得し、私はちょっと傷つく。

　いつから小さいのかと問われることも多い。思えばずっと小さかった。伸び盛りというものを経験した記憶がない。だから答える。

「小さい頃から、小さかったです」

　相手は「またあ」なんて私の身体を叩きながら笑うが、本当だからしかたあるまい。

　こうして私は物心ついたときから、床に落ちている紙幣や小銭を見つけるのは得意としても、電車で網棚の上に荷物を上げたり、つり革につかまったりするのに苦労した。つり革には、つかまっているのかぶら下がっているのかわからないと、友達によ

く笑われたものだ。

先日、新幹線に乗った。指定された席に近寄ると、私の座るはずのスペースに大きな黒いリュックが置かれていた。隣席の男性が私に気づき、黙ってリュックを自らの膝に移した。お隣さんはちょっと無愛想みたい。と思いつつ、私は自分のスーツケースを持ち上げた。網棚に載せるためである。よっこいしょっと、まず頭上に載せ、それから網棚目がけて身体ごと突進する。そのもがきぶりに気づいたか、隣の男性が「手伝いましょうか?」と声をかけてくれたが、「いえ、大丈夫です」と遠慮し、なんとか自力で載せ終えた。お隣さん、そんなに無愛想じゃなさそうだと思いつつ、席に座ろうとしたら、今度は背中から声がした。

「アガワさん、大丈夫?」

振り向くと、大きなマスクと帽子で目だけが出ている女性の顔が間近にあった。どなた?

「や・し・ろ」

女性は答えてマスクの中で笑った。「やしろ」と言われて思い浮かぶのは八代亜紀さんぐらいである。と、思ったら、本物の八代亜紀さんだった。へえ、上手に顔を隠

していらっしゃるものだ。感心していると、

「アガワさん、どこまで？　品川？　私は新横浜で降りるけど、ウチの長身の男性スタッフは東京駅まで行くからスーツケース、下ろすときは手伝うね」

その気さくなお心遣いに恐縮し、「大丈夫です」「いやいや、手伝う」「いえいえ、そんな」と問答したのち、八代さんはご自分の席へ戻っていかれた。

ときは過ぎ、新横浜の駅に近づいた頃、私は八代さんチームの集う席に飛んでいき、さきほどはありがとうございました、荷物は自分で下ろせますから、ではさようなら、あら下ろしますよ、いや、大丈夫と、またもや小声で車内問答を繰り返していると、

「あっ！」

八代さんが私の席のほうへ目を遣って、

「スーツケースが網棚にないわよ」

「へ？」と振り返ると、隣の男性が立ち上がっている。離席している間に私のスーツケースを下ろしてくださったらしい。私はまたもや車内をちょこまか走り、すでに自らのリュックを背負って席を去って行こうとする男性の背中に声をかけた。

「ご親切に、ありがとうございました！」

するとと長身のその男性は二十度ほど首を横に回して、でも振り向かないまま言った。

「だって、届かないでしょ？」

その後ろ姿はまるで高倉健のようだった。なんと寡黙なニクい殿方でしょう。背が低くて得をした。

怖がられるオンナたち

　ある酒席にて、共通の知り合いである女性について話題になり、ちょいとばかり陰口をたたき始めたら、思いの外、盛り上がってしまった。いちばん盛り上がっていたのはもしかして私だったかもしれず、盛り上がっている途中でふと、「そろそろ話題を変えたほうがいいかも」という抑制の力が働かなかったわけではないのだけれど、そこはお酒の勢いもあり、なかなか終わらない。「いい加減やめなさい」という脳からの指令がなぜ下されたかといえば、私の暴言に耳を傾けていた人々の中に、男性が数人交ざっていたからである。

「いやあ、それはよくないねえ」「ホントですかあ、知らなかったなあ」などと私に同意しながらも、実は心の底で、

（いやはや、オンナって怖い……）

彼らはそう思っているかもしれない、いや、そう思っているにちがいないと気づいたのである。最後のほうで、「でもまあ、私もね、人のことは言えないから」などと、悪態の毒を薄めようと努力したつもりだが、こぼれた毒は、盆に戻らなかった。

家に帰って、しばらく落ち込んだ。あんなに吐きまくらなければよかった……。反省しつつ、その晩の光景や会話の一言一言を反芻してみる。すると、私がその女性の悪口をまくし立てただけでなく、男性たちもそれぞれに、他の男性の悪口で盛り上がっていたことを思い出す。実際、会の主催者にお礼のメールとして、

「昨晩はいろいろ失礼しました。興奮して〇子さんのことさんざん悪く言いましたが、つくづく大人げなかったと反省しています」

そんな文面を送ったところ、

「いやいや、僕だって△氏の悪口、さんざん吐きましたから。お互い様ですよ」

そんな返信が届いて少しホッとしたけれど、そこがどうも、違うんだなあ。

オトコがオトコの悪口を、どんなに語気強く吐いたところで、オンナである私は、

（オトコって怖い……）

とは思わない。その特定の△氏のことを「ひどい人だ」とは思うかもしれない。あ

るいは、その悪口を吐き出している殿方が、けっこうストレスを溜めていたのだと知り、同情したり驚いたりはするかもしれない。ところが、オンナである私が男性諸氏の前で同性の悪口を言った場合、ちょいとニュアンスが違ってくるのである。

（オンナって怖い……）

オトコがそう思うとき、それは悪口の対象になっている○子ちゃんが怖いのではなくて、むしろその悪口を吐いているサワコちゃんに対して恐れおののいているらしいのだ。あるいは、「そういう敵対関係にある女性全般ってコワーイ！」と思っているのではあるまいか。

これって、オンナのヒガミ？

オンナは嫉妬深い動物だ、とオトコたちは言う。なーに言ってんの、オトコの嫉妬のほうがよほど深いじゃない。現に組織の中での嫉妬の応酬なんて、オンナの嫉妬の比じゃないでしょうが。そう反論してみるのだけれど、実のところ、内心では、「たしかにオンナの嫉妬って、なんか陰湿だよね」と同意したくなる部分もある。なんでだろ。なんでかな。

「マウンティング女子」という言葉の生みの親である漫画家の瀧波ユカリさんにお会

いした。瀧波さんの分析によると、

「オンナは言葉が巧みだから、褒めているような口調を使って相手を叩きのめす技に長けているんですよね」

オトコの悪口に褒め言葉は存在しないのか。たしかに本人を前にして、「うわあ、おめでとう。君が社長になれるなんて、想像だにしていなかったよ」と悪気なさそうに言うオトコを見かけたことはあまりない。

加えてオトコの場合、「どちらが上」かは、社会と現実が明確に定めてくれるというのが瀧波さんの説だ。部長と課長。歳上と歳下。出世した者と出世しなかった者。ところがオンナは属性や強弱が極めて変化しやすい。だから上下が見分けにくい。既婚と独身。仕事をしているオンナとしていないオンナ。子供のいる主婦といない主婦。恋人のいるオンナといないオンナ。ブランドものを買えるオンナと買えない（買わない）オンナ。最新ブランドものを持つオンナと古めのブランドものを持つオンナ。モテるオンナとモテないオンナ。ダイエットに成功したオンナと失敗したオンナ……。圧倒的勝利を確信したと思って油断していると、オセロのごとく、突然、自分のコマがコロリとひっくり返されていたりする。

オンナにとってマウンティングのチャンスは多岐にわたる。そして、そのチャンスをオンナは見逃さない。しかも、敢えて「あたしが上よ！」と豪語するつもりなく、極めて無意識のうちに、あらあら、気がついたらマウンティングしちゃってましたかしら？　ごめんあそばせー、というケースが多いのではないか。

私は今、とても幸せな場所にいます。だから友よ、あなたも早くこっちへいらっしゃいよ。だってそのほうが話も合って楽しいじゃないの。

あるいは、

あなたはいいわねえ、いっぱい働けて。私なんてもう経済的自立なんてムリムリー。

かつて私はこの手の誘い文句を何度となく投げかけられてきた。そしてそのたびに小さく傷ついた。だから私は今、細心の注意を払い、言葉を選んで独身の他人様に質問する。

「結婚する気はないんですか？」

問いかけたその舌の根も乾かぬうちに、

「いいえ、どっちだっていいんですけどね」

するとお相手は必ずといっていいほどに、

「やっぱり結婚したほうがいいですか」

切々と訴えるような目を私に向ける。たちまち私はうろたえる。どう答えたらいいものか。

「いや、しなくてすむなら、しないほうがいい」

そう断言するほど今、不満に満ちた結婚生活を送っているわけではない。でもだからといって、

「是非、オススメします！　いいものですよ」

と得々たる顔で言うのもいかがなものか。迷うのである。

キラキラ時代

先日、四十歳ぐらいの女性に会ったら、

「ずっとキラキラしているためにはどうしたらいいですか？」

と訊かれた。キラキラ……ですか？　そんなことを訊かれても、どう答えてよいのか判断に苦しむ。だいたいキラキラってなんだ？　「あ、今、私ってキラキラしてる！」なんて思ったことはない。他人に「いつも元気そうだね」とか「ストレスないでしょう」とか言われると、実際の私は年がら年中、バタバタ、オタオタ、アタフタ、ビクビク、イライラしているのだけれど、それも含めて「元気そう」と思われるのであれば、結構なことではないかと自らをなぐさめる。が、それらはどう考えても「キラキラ」ではないだろう。キラキラといえば、お星さまぐらいしか頭に浮かばない。少女マンガの主人公の瞳はキラキラしていたが。あとキラキラしているといえば、クリスマスシーズンか。その女性の意図する「キラキラ」がよくわからないので、「なににキラキラしていたいんですか」と逆に質問していくと、詰まるところは「インスタ映えのするオンナでいたい」らしいことがわかってきた。

私はインスタグラムというものを利用したことがないので実感はないが、聞くところによると、彼女と同世代の友達の多くは、インスタグラムに自分の撮った写真を掲載することが習慣になっているそうだ。その世代に限らないのだろう。インスタグラムというものの普及率はかなりのところまで来ている気配がする。だからこそ「インスタ映え」という言葉が流行語になるのであり、その実体を知らない私でさえ、言葉だけは使う。レストランのメニューや企業の企画開発部門でも、インスタ映えを意識して商品化するという話もしばしば聞く。だがしかし、そもそも「インスタ映え」させたいと思う、その心理の原点が私にはわからない。

「今日、主人と一緒に朝からシャンパンを飲みました」

「ホームパーティでこんな可愛いお菓子を作ってみました」

「レストランのアミューズ。美味しかった！　幸せな晩餐会でした」

つまりは写真日記のようなものか。でも日記は他人に見せないのが暗黙の約束であろう。こっそり見せるとしても、親しい友人や家族、はたまた恋人ぐらいまでが限界と理解している。あるいは本人の死後、日記が公開されることもあるだろう。いずれにしても書いた本人は、他人に読まれることを前提に書かないという共通認識があるはずだ。

ところがインスタグラムというものは、不特定多数の万民に向けて堂々と発信するのである。見ず知らずの人に向け、「ウチの子、帽子をかぶって初散歩」なんて映像を披露して、見ず知らずの人に、「いいね」とか「可愛い」とか反応されるのを待つ。「いいね」が多いと喜び、少ないと落ち込む。となると、これはそもそも日記ではない。であれば、なんなんだ？　万民に公開するという行為に及ぶとき、発信者はどういう気持になるのだろう。ただの自慢と思われるかも、という危惧はないのだろうか。

「恥ずかしいとか、そういう感情は湧かないの？」

くだんの女性に訊いてみた。すると、彼女はケロリと言い放った。

「あ、ぜんぜん恥ずかしくはないです。だってみんなやってるし。人のインスタを見て、むしろもっとキラキラした自分を発信したいって意欲が湧くぐらいです」

はあ……。呆然としていると、その場に同席していたもう一人が呟いた。

「そりゃ、アガワはすでに発信の場を持っているからそういう欲求は湧かないのよ。普通の人は自分が発信したものを見知らぬ人から評価されたら、嬉しいものなのよ」

言われてみれば確かにそうだ。私とて、日々のくだらぬたわごとを、エッセイに書いたりテレビで喋ったりして、それを図々しくも生業と成し、お給金までいただいている。この原稿だって、いわば戯れ言のたぐいである。でも、開き直って言わせていただければ、私の戯れ言は、面白くなければ発表の場は与えられない。すぐクビになる（って、今、書いている文章は面白いのか！　と突っ込まれたら汗顔の至りではありますが）。だから知恵を使う。自慢だけで収めるわけにはいかない。自慢話になりそうだと気づいたら、図に乗りかけた自分をせせら笑う方向に話を転じる。少なくとも自慢だけで終わらないよう工夫する。たとえば、「かねてより憧れていた高級なフレンチレストランへ行きました。そのためにワンピースを新調しました」と、これだけではエッセイとして成立しない。たとえそれが事実であったとしても、書かない。が、そのレストランにてメニューを開いたら、あまりの値段の高さに恐れおののき、同行の女友達とヒソヒソ囁き合い、オタオタしていたところ、お店のマダムがテーブルに近づいてきて、

「もしお気に召すものがないようでしたら、お茶だけでもけっこうですよ」

若い頃、実際に経験した話である。私たちに支払い能力のないことをマダムは見抜いたのであろう。でもマダムは、「そんな客は来るな」と我々を追い返すことなく、なんと心ある洒落た対応をしてくださったことか。結局私たちはマダムのお言葉に甘えてお茶とお菓子だけを注文し、いつかお金を貯めて出直しますと約束をして帰った。そして数年後、その約束を果たしたのである。

ああ、そういうことってあるよな。私も似たような経験をしたぞ。あるいは、バカだな、アガワはと、共感したり呆れたりして読んでいただけたら本望である。書き手は自己満足に終わるだけでなく、読者の心をなにかしら刺激する文章を書かなくてはならないのだ。

「でもインスタは別に原稿料をもらうわけではないし。なにを書いても自由だと思うんです」と反論されたら、そうですね、自由ですよね。

「だからいつも人にうらやましがられる人間でいたい。そうすれば自分がキラキラ、元気になれるから」

そうなんですね。そういう時代なんですかね。トホホ。

洗わない宣言

かつて私は「胸当て下着（すなわちブラジャー）を三週間洗わない不届き者」と呼ばれた女である。

本当のところ、呼ばれたわけではなく、自分でエッセイに書いたのだけれど、雑誌掲載後の思わぬ反響の大きさに、書いた当人が驚いた。私はそれまで、だいたいみんな、そんなものであろうと思っていた。ブラジャーなんてそう頻繁に洗う必要はないでしょう。あにはからんや、けっこう皆さん、洗っておられるのですね。

で、その騒動から十年以上の歳月を経て、つい先日、故あって若者バラエティ番組に出向いたら、司会者から突然のご下問である。災難は忘れた頃にやってくる。

「噂によるとアガワさんは、ブラジャーを数日間も洗わないとか。本当ですか⁉」

三週間が数日間になっていたから、わざわざ訂正することもなかろうと思い、

「うーん、まあねえ」

軽くいなすつもりで頷いて、さりげなく隣席の若き女優さんのほうへ顔を向けたところ、それまでの笑顔が完全に消え、まさに苦虫をかみつぶしたような、はたまたゴキブリの死骸を部屋の隅に発見した直後のごとき、不快感にあふれた表情をしておられるではないか。

……え、そんなにいけないことですか……？

ちょっとたじろいだ。たじろいだ勢いで、今度は反対側のお隣さんの、これまた若き女優さんに同意を得られないものかと視線を移したら、

「ホントですかあ、アガワさん？」

まるで容疑者に自白を促す刑事のような目つきである。

「じゃ、あなたはどれぐらいの頻度で洗います？」

逆に質問してみれば、

「家に帰って肌から外したら、そのまま洗いますよ」

「脱ぐたびに洗うの？」

「……そうですけど」

当然でしょうとでも言いたげな顔だ。

「いや、まあ……」

十数年前、雑誌に暴露して各所から非難されたとき以上のショックである。誰も私を擁護してくれそうにない。ここは若者の番組である。このままでは、「不潔なババア」としてネット上でボコボコに叩かれるかもしれない。

「でも私ね、ウチに帰ったらすぐ外すし。そんなに汚れてないんですよ」

「……」

「夏場はもう少し頻繁に洗いますけどね」

「……」

とうとう私は開き直って、

「別に臭くないもん。パンツとは違うの！」

冷笑に近い笑みを浮かべ、司会者はそのまま話題を変えた。

収録を終え、帰宅してから改めて落ち込んだ。ふん、今どきの若者は清潔志向が行き過ぎているんだよ。そんなに毎回洗濯していたら、ブラジャーの生地が傷むし、だいいち水道代とか電気代がかさむではないか。一人自室にて強がってみたが、心の片隅にできた傷は容易に癒やせない。

こういうとき、いっそ荒療治に出る手がある。傷口に塩を塗るがごとく、このショックをあえて友の前に晒そうではないか。もしかしたらなぐさめてくれる人がいるかもしれない。

「こないださあ」

私は仕事仲間の編集女史二人を相手にくだんの一件を披露した。

「毎回は洗い過ぎですよねえ」

「ねね、そうだよねえ」

にわかに元気を取り戻した私に向かい、二人は言葉を続けた。

「でも、二、三回に一度は洗うかなあ」

「私も。さすがに三週間に一度ってのは……」

編集者という職種の方は、書き手に極めて優しい。書き手の機嫌を損ねぬよう、労働意欲を削がぬよう、それは気を遣ってくださる。でも、嘘をついてまで書き手を持ち上げることはない。口調はあくまで柔らかく、しかし毅然と凜然と、私を否定した。わかりましたよ。私も今後は週一ぐらいの頻度で洗うように心がけますよ。すると、気遣い編集女史がさりげなく話題を移した。

「バスタオル問題っていうのもありますね」

「そうそう。アガワさんは何日に一度くらいでバスタオルを替えますか？」

しばし考えた。が、また私が正直に答えると、ブラジャーに次ぐ不潔認定をされる恐れがある。油断大敵。ここは聞き手に回ることにしよう。

「みんなはどうなの？」

「私は三日に一度くらいですね。実は編集部のE男はシャワーのあとに使うたび、洗濯籠へ入れるらしいですよ」

「ウッソー！」

「ホテルじゃあるまいしぃ！」

「ホテルだって二日は使うんじゃない？」

「E男って、ワイルドな顔してるわりに案外、潔癖なんだねえ」

欠席裁判よろしくさんざん笑って盛り上がって、我が意を得たりと帰宅した。やはり潔癖が過ぎる時代なのではないかしらん。

「ねえねえ、○○出版のE男さんってねえ」

秘書アヤヤを捕まえて、バスタオル話を持ちかけた。きっと、「えー、信じられないー。それは潔癖過ぎですね」と大いに笑ってくれるにちがいない。

「やり過ぎだと思わない？」

話し終わって反応を見ると、アヤヤ殿、極めてクールにこう言った。

「ウチも、一度使ったら洗いますけど」

しかも四十代の本人のみならず、それがアヤヤ家の長年の習慣になっているという。たしか母上は私より少し歳上のはずである。

「げげ」

世代の問題ではないのか。うなだれる私に向かい、アヤヤは静かに締めくくった。

「湿度の高い日本ではタオルに雑菌がつきやすいんです。布巾やタオルはもっと頻繁に洗わないと、危険ですよ」

いや、違う。雑菌を排除し過ぎるから日本人は脆弱になるのよ。少々雑菌がついているほうがいいんだって。お腹の中にも常時、雑菌を飼うぐらいのつもりでいたほうが、丈夫になると思うよ。

アヤヤに反論した数日後、私は激しくお腹を壊した。格別、アヤシイものを食した

記憶はない。近所の内科で診てもらった結果、

「特定のウイルスにやられたというより、小さな菌がお腹で増殖したせいでしょう」

悔しい……。

だからでも違うの

小さな会食の席にて、そばに座っていたウチの家人にさりげなく、

「だからそれは○○さんに回して」

料理の皿を手渡しながらそう言うと、同席していらした殿方にギロリと睨まれた。

「ん？　君は旦那さんに対してけっこうな強い言い方をするんだね」

「強い言い方」と指摘されたのは、発言の冒頭につけた「だから」の部分のことであったのだが、私には自覚がなく、

「え？　そんなこと言いました？」

笑ってごまかそうとしたら、

「『だから』ってのは、きついよ」

きっぱり諭された。すると別の殿方が、

「ウチの女房もときどき言うんですよ。『だから』って。あれはムッとするものですね」

それまで楽しく談笑していたはずが、にわかに形勢不利。急にしおれる私。しおれながら思い出した。

かつて、頻繁に「だから」で話を始めるオンナ友達がいた。電話で話をしているとき、会って会話が盛り上がっている最中、ふとした拍子に、「だから」と言う。なぜここで「だから」なんだ？と、言われた私は一瞬、戸惑う。その直前の私の発言に、なにか不備がございましたでしょうか。あなたを怒らせるようなことを言いましたっけ。いや、言った記憶はない。しかし、「だから」とくる。その言外にもしかして、「だからさっきも言ったでしょ？」とか「何度言ったらわかるのかなあ」とか、そんな侮蔑の気持が隠されているのではないかと疑いたくなる。

おそらく言った当人に悪気はないのだろう。単なる癖の一種かもしれない。でも言われた側は、「ムム？」と心が乱れる。そういう経験があったから、自分では使っていないつもりだったが。反省しても、覆水盆に返らず。

インタビューをしているとき、相手の言葉が聞き取れず、つい「え？」と訊き返して怒られたこともある。

「僕、『え？』って言われると、すごく傷つくんです」

それまで意識していなかったけれど、なるほど、「え？」と訊き返されるとドキッとする。ついでにかすかな不快感を覚える。なるほどね。以来、よほど親しい間柄でないかぎり、「え？」と訊き直したくなったら「はい？」と丁寧に問い返すよう気をつけているつもりだが、これも本当に実行できているかは定かでない。相手に言われると傷つくが、自分が言ったかどうかは案外、覚えていないものである。

とりあえず「え？」を「はい？」に言い換えると、相手に対する非礼が少しは軽減されるような気がする。ならば、「だから」を「ですから」にすれば印象が変わるだろうか。と思ったが、そういうものではないですね。「ですから」と言われるほうが慇懃無礼な印象になるので、これまた難しい。だからどうしよう？

何を言っても、否定語で返してくる人がいる。

「歳取ると、なんで浮き袋みたいにお腹まわりに贅肉がつくんだろう。顔は痩せるのにね」

たとえばそういうことを発言したとする。と、たちまち、

「そうじゃなくて」

あるいは、

「っていうか……」

はたまた、

「違うの！」

まず否定してかかる。とりあえず反論する。反論された側としては、異なる意見が出てくるのかと覚悟を決めて待つのだが、いくら待っても別の意見は出てこない。どこが「違うの」よ？　ちっとも違っていないじゃない。内心そう思うが、そこで波風立てても大人げないかと、黙って会話を進めるうち、すぐにまた、

「でもね」

これもまた、癖のようなものだろう。と諦観気味になっていたのだが、この間、嫌なことを発見した。

自分の対談原稿を読み直してみたら、思いの外、「でも」で始まる質問が多いのである。「でも」で始まっているくせに、「でも」に続く言葉は、「でも」にも「しかし」にもなっていない。なんじゃこりゃ。

どうして私は「でも」を多用するか。使った時点の気持に立ち返ってみた。するとどうやら話題を変えたいとき、「でも」が出てくるらしいことに気がついた。らしいって、私が発しているのですけれどね。無意識なんですね、これも。こんなことを告白したとたん、さっそくアガワの対談本を確認しようとしている、そこのあなた！やめてください。お願いです。今後、気をつけますから、どうか一つ！

でも（と、話を変えて）、人の発言の「最初の一言」には、その人らしさが表れるように思われる。これはあくまで勝手な持論だが、否定語から始める人は、だいたい自己主張が強い、あるいは他人の言い回しを信用したくない傾向にある。反対に、何を言ってもまず「ですよねえ」と言う人もいる。こういう人はおそらく従順、はたまた争いを極力避けたい性格とお見受けする。

「それはさておき」という言葉を、会話の端々に挟む聞き手に会ったことがある。私の「でも」同様、話題を変えたい気持なのではあろうが、そう切り出されるたびに、「あら、今まで私が延々喋った話はお気に召さなかったのね」とひがみたくなってしまう。

テレビの討論番組にて、他人の発言の隙間に入り込むのが極めて上手なパネラーがいる。どうしてそんなにスルリと挟み込めるのかと、しばし観察して気がついた。他人のどんな意見に対しても、まず、「おっしゃる通り！」と大きな声で同意するのである。

「○○さん、おっしゃる通り！」

同意された○○さんは、ちょっといい気分になる。賛同を得たと安堵して、一瞬、口が止まる。そして賛同してくれた人の意見、すなわち自分の後押しとなるであろう言葉に耳を傾けようとする。すると「おっしゃる通り！」とおっしゃった人は、「おっしゃる通り！」という言葉に続いて、こうおっしゃるのである。

「ただね、僕はちょっと違う意見でして」

同意したと見せかけたのち、異論を唱える。これもまた、会話の癖か、はたまた技か。

五十代の私へ

ある女性誌から、「五十代の女性に向けてエールを一言」という依頼をいただいた。すでに経てきた道を振り返り、後輩の皆様に「五十代はこういう時期だった」「大丈夫。心配することはないぞよ」と、ささやかな安心感やアドバイスを与えてほしいという趣旨らしい。

五十代ねえ。どうでしょうねえ。後輩諸妹を元気づけられるような話があったかしら。即座に浮かぶのは、ろくでもない事件ばかりである。ある朝、鼻孔内に鼻水が垂れてきたと思ってすすり上げつつ鼻に手を当てたら、指についたのは真っ赤な血であった。あららと慌ててティッシュを取り上げ、ぬぐってもぬぐっても止まる気配なし。床にポタポタ、テーブルにタラタラ。布巾で拭こうと下を向けばさらにポタポタ。急いでティッシュをちぎって丸めて鼻の穴に突っ込むが、それもすぐに真っ赤になる。

痛くもかゆくもなく、どこかに鼻をぶつけた覚えもない。にもかかわらず、出血多量で死ぬのではないかと心配になるほどの勢いだ。そういう「突発鼻血事件」が数週間に一度の割合で何回も起こったのは、五十三歳だったと記憶する。

結局それは、ホルモンバランスの不具合、すなわち更年期障害の症状の一つであったのだが、自宅のみならず仕事場でもゴルフをしている最中でも、ところ構わず前触れなしに勃発する。私以上にまわりの人間が驚いて、「一度、脳神経外科で検査してもらったほうがいいんじゃないの？」と深刻な顔で勧めてくれる人がいたほどの、連続赤い衝撃事件だった。

更年期障害というのは人によって訪れる時期がまちまちで、すでにピークを過ぎている友達もたくさんいたけれど、私の場合、ちょうど五十代の十年間がそれに当たった。そう、十年間。十年も続いたのである。正確に言えば、まだその残りカスがときおり顔を覗かせることもあり、十年以上にわたる。その間、ホットフラッシュや、突然、泣き出したら止まらなくなる情緒不安定症状など、挙げればキリがないほどの小さな不具合が順次襲ってきて、それでも一般的に見れば私は軽いほうだと自覚していたし、いずれ治まるだろうとタカをくくっていた。そんな頃、私より十歳ほど先輩の女性、すなわち今の私の年頃の方から告げられた。

「あら、更年期障害の最中なの？　それって十年続くのよ。飽きちゃうくらい」

軽く言われてショックを受けたのを覚えている。こんな状況が十年も続くのですか？

暗澹たる思いにクラッとなってまもなく、親の介護問題が始まった。しばしご無沙汰していた親と久しぶりに会ってみたら、「ちょっと老けたな」と感じるのが、おそらく四十代あたりではなかろうか。でもそれは、さしたる深刻さを伴わない。漠然とした不安がときおり身体を通過する程度である。

今後、親が少しずつ弱っていき、介護を必要とする歳になったとき、はたして自分はどの程度の対処ができるだろう。父親のウンチの始末をしたり、すっかり呆けた母親に優しくしてやったり、そういうことがちゃんと自分に務まるだろうか。できないかも……。お風呂に入ってボーッとしたときなど、ふっとそんな場面が頭をよぎる。でもそれは単なる妄想レベルに過ぎない。現に両親は、肉体的にも経済的にも子供の助けを必要とすることなく、以前同様、ときおり癇癪を起こしつつもまあまあ健やかな日々を送っていた。その元気な様子をときどき電話で、あるいは会って確認すればいい。介護なんて、まだ先の話だ。そういう段階になってから考えればいいだろう。と、自らを納得させるのが四十代。少なくとも私と両親のケースではそうだった。ところがあるとき突然、介護妄想期が実践期に移行したことを思い知らされる。それが五十代のできごとだった。

今、思い返しても、私の五十代は暗中模索の繰り返しであった。自らの身体の不調と親の介護問題を同時に迎え、今後の仕事の方針を根本的に変えなければならないかと深刻に考えた年頃でもある。

だから私は冒頭で触れた「五十代女性へのエール」に、こう書いた。

「オンナの五十代は、はっきり言って至難だらけだ」

そう書き出してから自らに問うた。本当に至難しかなかったっけ？　そうでもないな。

ゴルフを始めたのは五十一歳のときである。ゴルフという楽しみと五十歳を過ぎて出合ったおかげで、それまでとはまったく異なる景色が広がった。新たな友を得た上に、旧友と再会もした。人脈を広げたいわけではない。ゴルフをしたいと思ったら、自ずと人間関係が豊かになったのだ。

ゴルフ場にしろ仕事先にしろ、たまにカッコいい殿方にお会いして、「この人、私のことをどう思っているかしら」とか、「この関係をどう解釈しましょうか」とか、そういう心のワサワサがほとんど発生しなくなったのも、五十代になってからである。もっともそれは、こちらにその種の自意識がなくなる以前に、先方にそういうお気持がなかったらしい。一抹の寂しさを覚えないわけではないけれど、異性と会話することが極めて気楽になったのは、五十代のご褒美とも言える。

寿司屋のカウンターに座ってオドオドしなくなったのも、必ずしも殿方におごってもらえなくなったばかりか、後輩に「ごちそうさまでした」と言われて、低めの声で「おう！」と返答するようになったのも、むだ毛のお手入れにさほど気を配らなくてすむようになったのも、必死で頭髪に逆毛を立てるようになったのも、「お若いですね」と、若い頃には言われなかった言葉をかけられるようになったのも、そしてそれらになんの違和感も抱かぬようになったのも、すべては五十代に突入してからのことである。そして今、六十代になってみると、五十代は、我がこととはいえずいぶんピチピチしていたじゃないですかと、当時の写真に向かって語りかけたくなる時代である。

明るい腰痛

生まれて初めてぎっくり腰になった……らしい。なったことがないので、これをぎっくり腰と呼んでいいのか悪いのか、よくわからないのだが、少なくとも長年抱えている坐骨方面の腰痛とは異種の痛みが、ある日からじわじわと、背中に重くのしかかってきた。突然、ではなく、じわじわ。何か重いモノを持ち上げた瞬間、「ギクッ」と痛みが走ったわけではない。無理に腰をひねって「ギクッ」と来た記憶もない。

「それ、ぎっくり腰とは違うんじゃないの？」

まわりの人は異口同音にそうおっしゃる。そう言われると自信を失う。が、今回の痛みはなんとなく、なんとなくではあるけれど、どこかしら「明るい痛み」に感じられるのはなぜでしょう。

痛みの詳細を述べると、まず歩く分にはほとんど支障がない。垂直に身体を動かすときも痛まない。ところがいざ前屈みになって、たとえばパンツを穿くとき、ちょいと腰をひねってモノを取ろうとするとき、車の乗降時、あるいはトイレにて用を足したのち、トイレットペーパーを手に、何と申しましょうか、ね、文明人としてのタシナミの行動を取ろうとすると、たちまち、

「イテテテテ……」

背中下部のあたりに激痛が走るのである。驚くほど痛い。思わず声が出る。しかし同時に、心の片隅で笑っている自分がいることに気づく。

長年抱えている腰痛に対してこういう気分になったことはない。この初代腰痛の原因はわかっている。五十一歳から始めたゴルフのせいだ。ゴルフを始めてまもなくの頃、プロゴルファーにさりげなく言われたのを思い出す。

「ちゃんと準備運動してくださいよ。腰痛になりますよ」

その頃、私は腰痛を知らなかった。だからタカをくくった。「準備運動ね、わかってますわかってます」と軽く返答し、常に手抜き運動で済ませていた。そんな時間も惜しいほど、とにかく早く打ちたい、思い切りクラブを振り回し、気持良くボールをかっ飛ばしたい。そういう欲望が先行し、腰痛のことなど気にかけてもいなかった。

しかしまもなく、プロゴルファーの予言は当たった。でも当初は、運動後の単なる筋肉痛だろうと思っていた。数日すれば治るに決まっている。

そんなとき、キャディさんに、これまたさりげなく言われた。

「アガワさん、完璧に腰痛持ちの歩き方してますね」

「へ？」

「へっぴり腰の前屈み。典型的です。簡単には治りませんよ」

そのときはっきり自覚した。そうか、とうとう私は腰痛持ちの仲間入りをしたのか。そしてキャディさんに言われた通り、すぐに取れる筋肉痛と思い込んでいた痛みは、何日経っても消えることがなく、私の身体に棲み着いたのである。これは決して明るい痛みではなかった。もしかして、これから生涯抱えていくのかと想像すると、ドーンと暗い気持になるような、重苦しい痛みである。

もっと暗い腰痛を、一度だけ体験したことがある。ある朝、起きて、仕事に出かける支度を始めたら、激しい腰痛に襲われた。腰から背中にかけてハンマーかなにかで叩きのめされたかのような痛み。あまりの痛さに立っていることもままならず、わなわなと床にへたり込んだ。なんだ、この痛さは。そしてまもなく、それは内臓からくる痛みであることが判明する。腎盂炎になった瞬間だった。

しかしこの痛みは内科的治療を施されたらたちまち消えた。とはいえ、今思い出しても恐ろしい記憶として蘇る。明るい痛みとはほど遠い。

でも、今回の痛みは別物だ。痛みが走る瞬間は、「イテテテ」といちいち叫び声を上げるわりに、いずれ治りそうな予感がどこかにある。ぎっくり腰は治るという先入観のせいだろうか。

「軽いぎっくり腰になっちゃって」

行く先々で明るく吐露すると、世の中には経験者の多いことがよくわかる。

「鍼がいちばん！　鍼に行きなさい」

「つまりは骨盤のズレ。整体がいいと思う」

「何もしないで、じっとしているしかない」

「仰向けに寝ないで、うつ伏せがいいって言うね」

「横向きに寝ることが腰に負担をかけないんです」

「お風呂にゆっくり入るといい」

「炎症なんだから熱いお風呂に長く入っちゃだめ」

さまざまな意見を整理統合し、とうとう私は意を決して整体院の門を叩いた。鍼がいいと勧める人が圧倒的多数を占めたのだけれど、私はどうも、あの鋭い針の先が背中を突き刺していると想像するだけで、腰痛が十倍になりそうな恐怖感があり、今のところ、その勇気が出ない。で、整体を施していただいた結果、楽になったような、でもまだ治らないような。朝起きて、ベッドから身を起こす瞬間は、

「あ、治ったみたい？」

喜びに心躍る。ところが床に足を置き、いざ活動を始めると、またじわじわと痛みが出てくるのだ。ぎっくり腰なんて一週間もすれば治ると思っていたのに。そんなとき、新たな経験者に出会った。

「僕も昔、やりましたけど、結局、完治するまでに三年かかりましたよ」

「三年⁉　そんなに？　ぎっくり腰で？」

「はい。ぎっくり腰にもいろいろあってね。若い頃にやるのとは骨や関節の状況が明らかに違いますからね」

そうおっしゃるのは私よりはるかに若い四十代半ばとおぼしき男性である。

「鍼とかマッサージとかで治らないんですか？」

「でもそれって対症療法でしょ。痛みは取れるだろうけど、根本治療ではないですからね」

明るかった痛みにたちまち暗雲が垂れ込めた。初めてこの痛みを覚えてすでに二週間半。朝起きて、着替えようと前屈みになるたび、私は祈る。どうか痛みが消えていますように。でも腰痛の神様は、未だに私を解放してくれない。今日も私はイテテテ。

種フェチ

さる企業のグリーンキャンペーン活動の一環で、植物の種をいただいた。

「よかったら、蒔いてみてください」

手渡された五つの小さな紙袋の表書きにはそれぞれに、スイートバジルのたね、ラディッシュのたね、ルッコラのたね、ゴーヤのたね、そしてひまわりのたねと書かれてある。

実のところ、種の袋を同じ企業から去年もいただいた覚えがある。が、そのとき私は今ほど園芸に興味がなかった。季節ごとの花を見たり香りを感じたりするのは大好きなのだが、育てる能力が私にはない。そう信じて長年生きてきた。

私には「みどりのゆび」がない。

そのことは、かつて何度か書いた。母は植物を育てるのがこよなく好きなのに、娘にはその素質が受け継がれなかった。母はよく言っていたものだ。

「私が丹精込めて育てて、ようやく花が咲いたのをお父さんに報告すると、『はい、きれい、きれい。それはそうと、今夜は何を食わしてくれるんだ』って。植物にぜんぜん関心がないんだから」

　母が情けなさそうにそう言うたび、娘は確実に父に似たと小さくうなだれたものである。

　家族に評価されずとも、母は暇さえあれば庭へ出て、あっちの花をこっちへ移し、こちらの若葉をあちらへ移動させ、鉢植えから庭の土へ植え替えてと、何をどう判断しての行動か知らないが、とにかくスコップを持って土いじりをしているときが何より楽しそうであった。その母の、もの忘れが進むに従って、最近は庭に出ることがめっきり減りつつある。あんなに好きだったことにさえ関心が薄れてしまうのか。縁側の籐椅子に座り、じっと庭を眺める母の背に、「たまには庭に出て、土いじりしようよ」と語りかけても、「うーん、疲れちゃった。明日にする」と応えてにっこり笑うだけである。たしか去年いただいた種の袋も母にプレゼントして意欲を取り戻させようとしたのだが、母の庭に種の蒔かれた跡はない。

母の興味が失せたせいではないけれど、ちょうど去年あたりから、みどりのゆびを持っていなかったはずの私に俄然……ってほどではないが、ゆるゆると植物を育てたい気持が湧いてきた。

きっかけは、以前にも書いた通り、シクラメンの開花に成功したことが大きい。今、私のバルコニーには、二年越しに赤い花をつけたシクラメンと、他人様にいただいた青くて甘い香りのするシクラメンの鉢が二つ並んでいる。もちろん双方とも現在、花はなく、そのかわり岩石のような球根の隙間から次々に葉の新芽が生まれ、今や緑のジャングル状態だ。この健康ぶりから察するに、次の冬が来たらまたたくさんの花を咲かせるであろう。もはやシクラメンの育て方に関しては人に指南できるほどの知恵があるぞ。シクラメンの自慢話を始めるとキリがないので割愛することにして、今回のテーマは種である。

さて、いただいた種を育ててみようではないか。そういう意気込みになったところ、ウチの亭主殿がいつのまにか大量の培養土と小石、プランター二つをネット注文していた。届いた。驚いた。我が家の亭主殿は買い物というものに躊躇力がほとんどない。私が「買おうかなあ」と呟くや、「よし、買おう」と即座に動き出す。その結果、「こんなにたくさん培養土、いらないでしょうに。畑作ろうってわけじゃあるまいし！」と叫ぶはめとなる。まあ、飲み会にしろ趣味にしろ、考えているだけで行動に出ない私のような性格では、いつまで経っても実現しない。感謝しなければなるまい。が、こんなにいらんぞ！

怒りはさておき、届いた土をプランターに入れて、くだんの種どもをパラパラパラッと蒔き、埋めてみた。上からじょうろで水をやり、「はーやく芽を出せ、種、種、種！」と、さるかに合戦さながらに、毎日、土に向かって声をかけ、水やりをし、観察するうちに一週間経過。まずラディッシュチームから、続いてルッコラ、まもなくバジルチームから、それぞれに異なるかたちの双葉がポコ、ポコポコと、土のかけらを頭にのせて、よいこらしょっとばかりに出現した。その愛らしいこと。その日を境にして、私は朝、目が覚めると一目散にプランター観察をしにバルコニーへ出るようになった。

後れを取ったのはひまわりの芽である。更にのんびりしていたのがゴーヤ。なんと二週間半にしてようやく緑の芽を吹いた。いったい土の中で何を考えていたのだろう。ところが、いちばん出遅れたゴーヤがその後、みるみる挽回し、今や五種の芽のうちで最も大きく成長している。その勢いたるや、ちょっと可愛げがないほどだ。ゴーヤ末っ子に比べると、おにいちゃんだったはずのバジル君はその後なかなか伸びない。身長五ミリあたりで成長が止まっている。おいおい、頑張りなさい、水は均等に与えているでしょう。まるで私は性格の違う五人の子供たちを見守る母親の心境だ。園芸が好きな人の気持が少しだけわかる気がしてきた。

そんな折、知人よりスイカが届いた。甘い果実を口に入れ、種を手に出し、ふと思う。

「これも植えてみようか」

まもなく友達より「実家から届いたの。豆ご飯にしてね」とグリンピースを頂戴した。数日置いてサヤから出すと、すでにちょろりと芽を出している豆が一つ二つ三つ。

「これ、土に埋めたら芽が出るかな」

アボカドを買ってきてワカモレディップを作ったのち、残った種を見つめつつ思いつく。

「これって育つのかしら」

寿司屋に行くと、デザートに小玉スイカが供された。

「この種、持って帰って植えてみよう」

花屋の前でパクチーの苗木に目が留まる。一株一九八円。安い！

今、我が家のバルコニーは新芽のオンパレード。プランターには植え切れず、取り置いてあった植木鉢や土鉢も動員し、続々と数を増している。種を見ると心が躍る。植えずには気が治まらない。どうしよう。誰か止めてくれ。

ときどき無性に

生まれて初めて味噌煮込みうどんというものを食べた。

名古屋で仕事があり、目的地までのそぞろ道中、昼食として「食べてみませんか？」と当地の方に誘われた。うーん、味噌煮込みうどんねえ……。正直に申し上げてさほど食指が動かない。でも、たしかに一度トライする価値はあろうと前々から気になっていたので、

「では、是非！」

案内されたのは駅ビルの中にある味噌煮込みうどん専門店である。店に向かって歩く間、いくつかの注意事項を伝授された。

「人気店でしてね。開店前から店の前に行列ができるので、急ぎましょう」

「先に申し上げておきますが、うどんはかなり硬いです。ときどき、生茹でじゃない

かと文句をつける人がいますが、あの硬さが味噌煮込みうどんの特徴ですので、驚かないでください」

「うどんは少なめにしてくれと注文することもできます。ただし値段は変わりませんが」

それらのアドバイスを事前に聞かされていたおかげで、ほどほどの覚悟と余裕をもってテーブル席に着くことができた。

メニューを開くと、なんと種類の豊富なことか。でもすべて、味噌煮込みうどん。当たり前か。専門店だもんね。違いと言えば、生卵とネギとかまぼこだけの標準タイプから、親子入り（かしわと生卵）、名古屋コーチン入り（ふつうのかしわより少々値段が高い）、海老の天ぷら入り、豚ロース入り、さらには油揚げとネギ入りという、きつねうどんの味噌煮込み版とおぼしき種類もある。

「うーん、どれにしようかな」

しばし迷ってみたものの、写真を見ただけでお腹がいっぱいになりそうなほどのボリューム感に溢れていて、圧倒される。心の奥底でかすかに、普通の澄まし出汁のきつねうどんが食べたいなあと思ったが、そんなことは口に出せない。連れてきてくださった方に失礼であろう。もとより関西風きつねうどんの選択肢はないのだから。味噌煮込みうどん専門店だもんね。

「とりあえず名古屋コーチン入りをオススメしますよ」

ここは当地の方の意見に従うのがいちばんだ。しかも私の戸惑いを素早く見抜かれたか、うどんの量をあらかじめ「少なめに」と注文してくださった。

まもなく、というより待つ間もなく、ぐつぐつ煮立つ音も軽やかに、蓋付き土鍋に入ったうどんが運ばれてきた。同時に紙エプロンが配られる。すかさず当地、味噌煮込みうどん推薦人の声が飛んできた。

「うどんの汁が飛びますからね。しっかりエプロンしてください。で、その蓋をひっくり返して皿がわりに使い、いったんうどんを蓋の上に置いて、それから口に運んでください。そうしないと熱いから口の中、火傷しますよ」

こころなしか消防訓練を受けているような緊張感が走る。味噌煮込みうどんに立ち向かうにはさまざまな危険が伴うとみた。私は心を平静に保つため、一度大きな深呼吸をしてから箸を握り、いざ土鍋に対峙した。

まず、赤味噌の池にどっぷり浸った太めのうどんを一本、箸で持ち上げて、仰せの通りに土鍋の蓋に取り置く。それから、味噌が飛び散らぬよう細心の注意を払いつつ、その一本を再び箸で挟み、口を近づける。嚙む。硬い。たしかに硬い。でも生茹でかと思うほどの理不尽な硬さではなかった。しかし、一本食べただけでお腹にずっしりくる。続いてかまぼこをひと嚙み。それから赤味噌の奥に埋もれているはずの名古屋コーチンを捜す。これか？　これだな？　うどんもネギも鶏肉も、すべて味噌に染まり切っているから容易に区別がつかない。唯一、味噌の池の真ん中に浮かぶ生卵の黄身だけが、「私は孤高！」とばかりにオレンジ色に光っている。これを潰してしまうと、味噌に紛れて卵の味がわからなくなりそうだ。そこで私は卵を食べるのを後回しにし、うどんの熱でほどよく蒸されて半熟程度になったとき、卵に取りかかる決意を固める。そうとなればあとはひたすら味噌色をしたうどんと、味噌色をしたネギと、味噌色をした名古屋コーチンに、交互に食らいつくしかない。

「どうです？　お味のほうは？」

お連れくださった紳士が柔らかい笑みとともに問いかけてくる。

「おいしい……です、けど」

「けど？」

「けど」をつけなければよかった。瞬時に後悔する。けど、つけないと嘘になる。でも「けど」のあとに何と言えばいいか。

「けど……、うん、おいしいですよ、うん」と、紙エプロンで鼻の上に滲む汗を拭き拭き曖昧に語尾を取り繕い、取り繕いついでに視線をずらして周囲を見渡すと、もはや店内は満席。相席している客もいる。入り口には、なるほど行列もできている。本当に名古屋の人は味噌煮込みうどんが好きなのだ。

「味噌煮込み、食べたんですって？」

仕事帰り、知人のいるバーへ寄り、昼間の話をしたところ、

「どうでした？　味は？」

案の定、店の女性に問いかけられた。

「うーん」と唸っていると、

「私は名古屋生まれだから、やっぱり好きですねえ」

するとその店のマダム曰く、

「私は名古屋出身じゃないんだけど、長くここに住んでいるうちに、好きになっちゃったの。ときどき無性に食べたくなるのよ」

「そうそう、ときどき無性にね！」

「そうなの、無性にね！」

その場にいた名古屋人が皆、口を揃えて同意する騒ぎとなった。なるほど、「ときどき無性に」というのがその土地の味というものなのかもしれない。そう言われると、もう一度挑戦してみたくなる。少し間をおいてからでいいですけど。

出席の効

パーティや大仰な会食が苦手である。食べることは好きだし、人に会うのが嫌なわけではないけれど、多人数の会食になるとたいがい頭が混乱する。会話が途切れ途切れになり、相手がどなたであったか思い出せずにトンチンカンなやりとりをすることもしばしばだ。さらにそういう落ち着かない状況では、どんなにおいしい料理も味を堪能する余裕がなくなって、そして必ず帰宅してから深く落ち込む。どうでもいい話を、あんなにペラペラ喋らなければよかった……。調子よく挨拶はしたけれど、結局、あの人は誰だったんだ……？

だから極力避けてきた。にもかかわらず、ここ最近、故あって立て続けに出席するハメとなる。

一つは同窓会。中学高校の六年間を過ごした女学校の同窓会は数年に一度のわりで開催されていたそうだが、私は何度も欠席していたらしい。はっきりとした記憶はない。それほど疎遠になっていた。

「アガワ、来なさいよ！」

「どうするの？　行く？」

親しい仲間から事前の誘いがメールでいくつも届いた。そんな親しい友とさえ、ここ数年は通信交換のみの仲である。地方に居を移し、なかなか会う機会のない友も今回は上京するという。互いに還暦をとうに過ぎ、このチャンスを逃したらもはや二度と会えないかもしれない。そんなことを危惧する年頃にもなった。

さて当日、開会時間寸前、受付に駆けつけると、ひと目見てわかる友と、にわかに思い出せない友が寄ってきて、

「ああ、アガワ、久しぶりー！」

「この紙に名前書いて、胸に貼って」

裏がシールになっている白い紙を差し出され、油性ペンで「阿川佐和子」と書く。

と、

「『阿川』は旧姓でしょ。今の名字を書いてから、その下に旧姓を括弧でくくって」

なるほど。でもそういう書き方をしたことがない。手を止めて考えていると、

「まあ、いいや。阿川だけでいいよ」

つまり、二十代そこそこで結婚したら社会人として友の新たな名字を知っておく必要はあるだろうが、年賀状の交換すらまばらになったこの時代、はたまた記憶力が低下の一途を辿る我々の年頃に、新しい名前は不要と判断されたのだ。

司会者の声を耳にしながら会場に入り、腰をかがめて進みつつ、わかる顔、わからない顔、名前のわかる人、ぜんぜん思い出せない人の間を抜けて、ようやくテーブル席に着くと、背中から「おめでとう！」と声をかけられた。

「ねえねえ、何さんになったの？」

応えようとする私をさえぎって、

「ま、いいや。どうせ覚えられないから」

さっさと口を封じられ、告げる暇なし。

見渡す限りそれなりの老齢ぶりの中、見覚えのある懐かしい顔を見つけたが、

「あの人、誰だっけ？」

隣の友に小声で訊ねると、

「わかんない。同じクラスだった？」

ねえねえ、誰？　もう一人の友に聞くと、

「あの人は○○先生よ」

そうか、先生か。ご本人のスピーチによると、二十代半ばで初めての担任を任されたときは緊張なさったという。どうやら先生とは十歳しか離れていなかったらしい。不思議な感覚だ。はるか大人に見えた先生が、今は同世代に見える。先生が若々しいせいか。はたまた我々が老けたのか。決して近づくことはないという年齢算の法則は嘘かもしれない。

全部で二百人いた同窓生のうち、八十人が出席した。卒業五十年近くの月日を経て、この出席率の高さは誇るべき快挙と幹事が全員に謝意を述べる。集まった八十人のうち、何人かの近況報告もあった。孫の世話に追われる友、数年前、交通事故に遭い生死の境を彷徨ったが見事に復活し、また仕事に復帰した友、ボランティア活動に燃えている友、介護に奮闘中という友……。全員の顔は判別できずとも、かつて同じ校舎で学びと遊びをともにした旧友は、それぞれに深く尊い人生の思い出を積み重ね、ここに集ってすべてを笑いに変えている。顔はシワシワでも、表情はもれなく全員、活き活きとしていた。

出席してよかった。

同窓会後まもなく、さるパーティに出席した。またもや判別できる方、思い出せない顔、懐かしいが名前の出てこない人の渦から、

「覚えておいでかわかりませんけれど……」

声をかけてくださる年配の女性が一人。

「柴田です」

私にしては珍しく、すぐにどなたかわかった。それには理由があるのだが、それにしてもご無沙汰の年月は同窓会を上回る。六十年近くお会いしていなかったはずだ。

その婦人の父上は小説家の柴田錬三郎氏である。父が若い頃、博打仲間として親しくしていただいていた。父はある晩、小学生だった私を連れて突然、柴田家を訪れた。外で晩ご飯を食べた帰りだったかと記憶する。玄関を上がるなり、父は柴田氏と二人で奥の部屋へ消え、私は広い居間に通された。そこには柴田家の奥様とお嬢様がいらした。

「可哀想にねえ。ここで寝てなさい」

私を革張りのソファに寝かしてくださった。身体に上等の毛布がかけられた。他人様の家で寝てしまっていいものか。まさかこのままこの家に泊まるのか。不安を抱えつつ目を閉じるうち、満杯のお腹が暖まったせいか、ついプッと、お尻から音が出た。しまった！

柴田夫人とお嬢様の声がときおり聞こえる。近くにいらっしゃるな。気づいたかしら。起きて謝ろうか。いや、恥ずかしい。どうしよう。ここは寝たふりをするしかない……。

「サワコちゃん、お久しぶりです」

あの頃、おそらく二十代だったであろう柴田さんのお嬢様は、もはや品のある美しいマダムだ。たちまちあの晩の記憶が蘇る。六十年の歳月を経て、今こそ謝るべきか……。

「実はですね……」

「懐かしいですわ。お母様はいかが？」

「はあ、もう九十歳になりまして」

懐かしい方に会えた。出席してよかった。

太陽の季節

今、私は目にもまぶしき若さに溢れた女の子たちとともに仕事をしている。こんなに大量のピチピチ肌に囲まれて長時間を過ごすのは、自分もピチピチしていた（か？）時代を除くと、我が人生においてまことに稀有な体験である。ちょっとオジサン気分になっている。ドキドキする。が、同時にかすかな嫉妬も覚える。それはあたかも樹木の老葉の心境。老婆ではない。この世に生まれてかなりの時を経て、あちらこちらにシワシワやヨレヨレや黄ばみや虫食いの跡などを抱え、まあそれも寄る年波の自然現象とおおらかに受け入れていたつもりのところ、ふと見渡すと、枝の間から小さな葉っぱが顔を出していることに気づく。よく見れば、そのなんとみずみずしいことか。太陽の光に反射してピッカピッカに輝いている。そのとき老葉は思い知る。若さには敵わんぞ。とまあ、喩えてみればそんなたぐいの嫉妬心というか諦観かと妄想を膨らませていたとき、目の前のピッチピッチ肌の一人に教えられたのである。

ときは撮影の休憩時間。場所はテレビ局のドラマ撮影現場である。

その日、ピチピチちゃんたちは総勢二十人以上がひしめき合っていた。皆、カラフルな超ミニスカートのユニフォーム姿である。チアダンス部を結成し、目指せ全米制覇を合言葉に、できっこない夢に挑戦する……というお話なのだが、本当に彼女たちはほぼ毎日、踊りまくっている。カメラが回っていないところでも待ち時間でも、暇さえあれば練習に精を出す。ちなみに私はそんな彼女たちを陰で応援する校長先生役である。

踊りの鍛錬も大変だろうが、なにせこの猛暑である。炎天下で撮影をする彼女たちの身体に容赦なく強烈な日光が降り注ぐ。体力も消耗するだろう。そんな姿を見るにつけ、つい老葉……いや、老婆心ながら声をかけた。

「大丈夫？　日に焼けるでしょう？」

するとピッチピッチ色白ちゃんが目をクリクリさせて答えたのである。

「飲む日焼け止めっていうのがあるんです。私、それを使ってます」

「飲む日焼け止め⁉　そんなもの売ってるの？」

「はい、ネットで買えますよ」

それが本当に効くか効かぬかは知らないが、私はピンと来た。聞けばハワイで特定の日焼け止めの販売禁止令が出るというではないか。海洋汚染がこれ以上進行しないための対応策らしい。この流れはいずれ世界に広がっていくだろう。勇気ある決断だ。しかし、日焼け止めクリームを一切使うなと言われたらどうしましょう。もはやビキニを着てビーチに乗り込むことは皆無だが、夏のゴルフに日焼け止めは必須アイテムだ。危惧していた折、「飲む日焼け止め」のことを若者に教えられた。科学の進歩とはまことに用意周到だと感心させられる。

実際、私はゴルフに行くと、一応、日焼け止めクリームを朝に塗ってラウンドを始めるのだが、プレーが済んでお風呂に入ると必ず「焼けた！」ことを痛感する。夢中でコースを回るうち、汗にまみれて日焼け止め効果が知らず知らず落ちてしまうらしい。

基本的にゴルフ場でノースリーブはマナー違反とされている。そこで半袖のスポーツシャツを着る。すると見事な半袖焼け。それを避けるために長袖を着ればいいのかもしれないが、暑さに耐えられず、たいがい途中で脱いでしまう。だからツートン腕を甘んじて受け入れる。普段とてノースリーブ姿で街中を歩くことはめったにない。二の腕の肉のタポタポが人目に余ると思われるからである。だからもはや半袖焼けなんぞ関係ない。顔は焼けすぎないよう多少気をつけているつもりだが、それでもこの季節はこころなし色黒になる。今年も確実にシミが増えた。「日焼け止め、塗ってくださいね」と、仕事場でお化粧をしてくれるメイキャップ係にいつもさりげなく叱られる。

それにしても世の中は美白ブーム全盛である。女は白くなければ美しくないと言わんばかりの騒ぎだ。

「紫外線は百害あって一利なし！」

さる美容家に言われたことがある。自らの顔のシミや肌荒れが気になっていた頃だった。ずぼらな私も少しは肌のお手入れに手間暇かけようかと殊勝な気持になりかけたタイミングにその言葉が飛んできた。反射的に私は、「そうですね」と頷いた。しかし本当にそうだろうか。その日、帰宅してから考えた。そして思い出した。

三十代の初め、私はテレビの仕事でエチオピアを訪れた。飢餓に苦しむエチオピアの惨状を取材するためだ。何ヵ月も雨が降っていないというエチオピアの砂埃煙る大地を、我々取材班は何十キロもワゴン車で巡った。そんなとき、いちいち日焼け止めクリームを塗っている暇はない。塗るのはもっぱら痒み止めである。ノミとダニと南京虫の攻撃は容赦がなく、移動中は皆、身体をコリコリ掻いていた。二週間ほどの取材を終え、帰国したとき、私は見事に日焼けしていた。学生時代、テニスに興じていたとき以来の黒々とした顔である。

「大丈夫？　そんなに焼けちゃって」

　仲間が呆れたり心配したりしてくれた。が、まもなく私は気づいた。やけに体調がいい。実はそのエチオピア取材以前、私は風邪を引いてばかりいた。治ったと思ったらまた罹る。その繰り返しだった。当時、担当していた番組が深夜の生放送だったので、生活時間がもっぱら夜に傾いていたせいもある。日の高い時間帯に外を歩くことがあまりなかった。私はこんなに脆弱だったかと弱気になっていたのだが、エチオピアから帰ってきたら、ちっとも風邪を引かなくなっていた。

「太陽だ！」

　私は直感的にそう思ったことを思い出す。肌のことだけを考慮すれば紫外線はもしかして「百害あって一利なし」かもしれないが、身体全体のことを考えると、太陽は百利も二百利もあるはずだ。

この暑さの中、チアダンスに汗を流すピチピチちゃんたちを日陰で見守りながら、私は思う。少々色黒でもいいじゃないか。きっと頑強な身体になるぞって、無責任に。

梅干しの夏日本の夏

こう暑いと身体の動きが鈍るだけでなく、頭の回転も悪くなる。はて、今回は何を書けばいいのか。ちっともひらめかない。連日のように最高気温が体温より高いのである。いったいこの地球はどこまで熱せられていくのだろう。日本はまもなくハワイか東南アジアのような熱帯の国になるんだよ、夏は皆、アロハかムームーを着て、街路樹はすべて椰子の木に変わるのさと、冗談めかして語る人がときおりいるけれど、どうもそんな生易しい話ではない気がする。もしかして火星だけでなく太陽とも急接近しているのではないか。

先日も都内ホテルの玄関前にて、ベルボーイ君が頬を真っ赤に火照らせて、「暑いですねえ」と声をかけてくれたので、他人を気遣っている場合ではないでしょう、仕事とはいえ、この玄関前（外気温に加え、建物の中から吐き出される熱風と到着する車の熱気がトリプル熱となって集中し、そりゃもう尋常と思えぬ灼熱の空気に包まれている）に日がな一日立ち尽くし、客に向かってニコニコ愛嬌を振りまいているあなたのほうがよほど心配ですよと思い、「大丈夫ですか？」と訊ねたら、風呂上がりのような顔に朦朧たる笑顔を浮かべ、「大丈夫です。今、ここの温度計、三十九・五度です」と答えていたけれど、こりゃ早晩、倒れますなと思いましたよ、私は。

一時間ほどのち、ホテル内での仕事を終えて再び玄関に出てみれば、くだんのベルボーイ君がまだ生存しているのを確認。ふと、バッグに入れてあった梅干しのことを思い出し、差し上げようかとも思ったが、やめた。得体の知れぬオバサンから、飴ちゃんならいざ知らず、突然、梅干しちゃんを手渡されても困るであろう。余計な親切、現代の不安。

テレビから得たミニ知識である。たくさん麦茶を飲んでいた人が熱中症で倒れたという事例を挙げ、じゅうぶんに水分を取っていたのにどうしたことかと検証した結果、

「水分と同時に塩分を補給しなければいけないのです」

専門家が唱えていたのをたまたま耳にして以来、バッグに梅干しを入れて持ち歩くことにした。梅干しの効能を深く知っているわけではないが、今、梅干しについて頭

を巡らせただけで口内にツバが出てくるということは、梅干しの威力がどれほど絶大であるかを何より証明していると言っていいだろう。あの天下一品の酸っぱさと塩辛さが古来日本人の健康保持、疲労回復、食中毒回避の支えとなって受け継がれてきたのだ。四の五の言わず、信ずる者は救われる。舐めるがよいぞ。と、宣言してはみるものの、街中で突如、歩きながら梅干しを舐め始めるのも憚られる。外で食事中、おもむろに梅干しを皿の上に出したら怪訝に思われるにちがいない。それこそ飴とは違い、どのタイミングでバッグから梅干しを取り出すか、迷うところだ。そこでひらめいた。

　そうだ、お茶に入れよう。

　たとえばどこかを訪問し、「どうぞ」と日本茶を差し出されたとする。「恐れ入ります」とこちらが殊勝に頭を下げる際、運んでくださった方もたいていお盆を手に伏し目がち、かつ楚々とした所作でその場を静かに立ち去る。客がお茶を飲むまでじっと見届けてやろうじゃないのといった圧力はかけないのが暗黙のもてなしマナーというものだ。つまりこちらは見られていない。その隙を狙い、素早く茶碗にポトンと梅干しを落とし込む。入れてしまえばこっちのものだ。中を検閲されることはないだろう。

梅干し茶はおいしい。茶の香ばしさと梅の酸味が相まって、なんともいえぬ安堵感が口から胃へ流れ落ちる。それをよりよく味わうには、多少時間をかける必要がある。お茶の中で梅干しがほどよくふやけ、中のエキスがお茶全体に行き渡るまでしばらく待つ。その塩梅を知るため、梅干し茶を飲むときはおのずと茶碗の中をたびたび観察し、ときに茶碗を手で揺らし、ふやけた梅干しのエキスをお茶と融合させるべく工夫する。その動作を他人が見たら、なんとお茶に対する愛が深い人かと思うだろう。好感度も上がる。

ただ一つ、問題が残る。茶を飲み終わり、梅肉もすっかり舐め切ったあと、種を茶碗の底に残して帰っていいものか。自宅ならいざ知らず、他人様のお宅、あるいは訪問先の会社だった場合、客の飲み終わった茶碗をかたづけようとした方が、ふと茶碗の底へ目をやると、

「やだ、なんでこんなところに梅干しの種があるの？」

不気味に思われるであろう。そのリスクを回避するためには、種を茶碗からそっと取り出し、こっそりティッシュなどに包むことだ。しかしその頃には、もはやお茶を供されたときとは違い、なぜか他人の目が鋭い。こっそり敢行するのは不可能に近い

環境となっている。そういうとき、私はお茶を飲み干すふりをして、梅干しの種も同時に口へ放り込む。それを頰の片隅に追いやって、

「いやはやごちそうさまでした。ではそろそろ……」

こうすれば証拠を残さずに去ることができる。

ちなみに梅干しの種を長く口の中で転がすのも無駄ではないと聞いたことがある。口臭を軽減する力があるそうだ。特にニンニクを食べたあと、「梅干しの種を、汁気がなくなるまでずうっと口に入れておくと、ニンニク臭さが消える」らしい。本で読んだか人に聞いたか忘れたが、その解説に、

「だから私は横須賀線で東京駅から鎌倉まで帰るとき、道中はずっと梅干しの種を口の中で転がしています」

そんな口上が加えられていたと記憶する。東京駅から鎌倉までといえば、小一時間はかかるだろう。ずいぶん長く舐め続けるのね。そう知ってから私は大好きなニンニクを食べたあと、梅干しを口に入れ、舐め続け、もはやカラカラに汁気の抜けた種となってなお、心の中で、「まだ鎌倉に着かないかな」と換算したものだ。今年の夏も、梅干しの種とともに小さな旅をしよう。

ワクワクの始まり

角田光代さんにお会いした。

角田さんとは以前に何度か対談したりトークショーでご一緒したり、今や年に数回、仲間ともどもご飯を食べる仲である。角田さんの著書はいくつか拝読し、ことに『八日目の蟬』は私の大好きな作品だ。生の角田さんは、その身体のどこからこれほどの力強い物語が生み出されるのかと思うほど華奢で、ついでに性格が温和ときている。そしてご飯を食べながら楽しそうに笑うときの声が意外に豪快かつ優雅なのには毎回、驚かされる。どことなく貴婦人を想起させられるのだ。そんな角田さんと何度もお会いしているから、そこそこ存じ上げているつもりだったのだが、このたびじっくりお話をしてみたら、またもや発見があった。長くインタビューの仕事をしているが、人と何回かお会いしたぐらいで「わかったぞ」と思ってはいけないとつくづく反省させられる。

さてその角田さんであるが、小学一年生のときに、将来、小説家になると心を決めたそうだ。そのことはすでに知っていたのだが、その理由を深く伺うと、わずか五、六歳にして、文字と文字をつなげると文章になることを知り、その喜びに目覚めてワクワクしたという。

それより前、幼稚園時代の角田さんは友達と会話をするのが苦手で、自分の思っていることをどうやって人に伝えればいいのかわからない子供だった。怪我をしても「血が出て痛い」と先生に訴えることができず、黙って我慢した。そんな引っ込み思案な女の子があるとき文字に出合う。そして、書くことで自分の気持を表現する楽しみを覚え、将来ずっと、文章を書いていこうと意を決するのである。

ちなみにそう決意した角田さんは、「小説家になるために国語以外の教科は必要ない」と見定める。以後、算数や理科にはいっさい目もくれない。だから未だに九九は苦手だと、これまたエレガントな笑い声とともにケロリとおっしゃる。可憐にお見受けする角田さんの、内面に秘めた強さとぶれることなき継続力に感銘を受けるが、それ以前に、文章を作る行為にワクワクした幼い子供がいたという事実に、私はショックを受けた。

言うのも憚られるが、おそらく角田さんが羨むであろうほど、私は本に囲まれた環境に生まれ育った。父は小説家、母は女子大の国文科を卒業し、読書がこよなく好きだった。二歳年上の兄も活字の虫だ。そんな遺伝子と環境に恵まれながら、その家の娘である私はどういうわけか本を読む集中力と根気に欠け、読書には義務以外のなにものも感じなかった。

読書好きの友達がウチへ遊びに来ると言ったものだ。

「ああ、私がお宅の娘だったら、どんなに幸せだっただろう。いいなあ、こんなに本が溢れていて」

羨ましいと言われるたび、私は悲しくなった。どうやったら本を読む喜びを見つけられるのか。私にはわからなかった。読書にも文章作りにもまったくワクワクしなかった幼い頃の私は、いったい何にワクワクしていたのだろう。

ときどき年端も行かぬ赤ん坊が、突如一点に引きつけられ、目を輝かせてははしゃぎ出す光景に出くわす。たとえば目の前を走りすぎる列車を見て、あるいは消防車のサイレンに驚いて、身体を激しく躍らせる。するとまわりの大人たちはこぞって、

「やっぱり男の子ねえ」

あるいは人形やキラキラ光るアクセサリーに反応を示す赤ん坊には、「やっぱり女の子だねえ」と言う。当然のように言う。しかし私には不思議に思えてならない。好みの性差はさておいて、誰に教えられたわけでもないのに、なぜ赤子は本能的に自らの心躍る対象を見定めるのか。それがなんであるかもわからぬうちに、ワクワクするという感情をどこから導き出すのだろう。

私はたしかに乗り物にさほどの昂揚を覚えなかった。父や男兄弟は乗り物好きで、大人になってなお、飛行機や船に異様な反応を示す。彼らと比べると私が興奮しなかったのは、女の子だったからかもしれない。でも同時に、私は人形遊びやおままごとにもさして興味を示さなかった。ならば何に興奮したかというと、角田さんが文章作りに目覚めたと同じ年頃に、私は「道なき道を突き進む」、すなわち「この草むらを抜けたらどこへ出るのだろうか」という謎にワクワクしていたと記憶する。

三、四歳の頃、私たち家族は神奈川県の畑に囲まれた一軒家に住んでいた。朝、目が覚めると私は一人で靴を履き、玄関を出る。道のまん中に立ち、右へ行こうか左へ行こうか考える。右へ行けばミカン畑が見える山の上。左へ行けば海へ出る。よし、今日は右へ行くぞ。

母は当時、私のことを「糸の切れた凧」と呼んでいた。勝手に出かけたきり二、三時間は帰って来なかったからである。よく遭難しなかったものだ。母もよく平気で私を放っていたものである。とにかく私は冒険に燃えていた。歩いているとワクワクした。だからといって「将来、冒険家になろう」と思った覚えはない。「ワクワク」は私にとって単なる遊びにすぎなかった。

その後、ワクワクすることが他に見つからなかったわけではない。スポーツ、音楽、映画……。こよなく好きだと思ったことは何度もある。でも「これしかない！」と確信できるほど熱中できるものは現れなかった。それが私のコンプレックスでもあった。

「何か一つ、専門を見つけろ」と親にも師にも言われ続け、何を私の専門にしようかと、いくら考えてもわからないまま大人になった。

「これだ！」と思うものに出合うのは、必ずしも人生の初期である必要はない。いくつで出合うかは人それぞれだと思う。しかし、子供が最初に「ワクワク」感を覚えるのは、いったいどういう脳の働きの仕業だろう。そしてその「ワクワク」の対象は、人によってなぜこれほどまでに異なるのか。角田さんの言葉を聞いて考えさせられた。

もしかして、私がいつまで経ってもひとところに落ち着くことができないのは、「まだ見ぬ道に足を踏み込みたい」という初期衝動の延長かもしれない。

立場変われば

何年かぶりに旧知の仕事仲間であるＫ子に会った。Ｋ子は私より十歳以上年下だが、かつて何年間も私の連載エッセイの担当編集者だったので、家族より密に連絡を取り合って仲良くしていた時期がある。

久しぶりの再会が嬉しくて、私はＫ子の身体を叩きながら明るく声をかけた。

「元気？　結婚した？」

それはかつて、顔を合わせれば交わしていた同じ境遇にある者同士の常套挨拶にすぎない……と、私は軽い気持で問いかけたのだが、たちまちＫ子の表情がこわばった。

「ひどーい。アガワさん、それって、いじめですかあ？」

いや、そんなつもりはないけれど、そう受け止められちゃうのか？　にわかに慌てた。そうか。今は立場が違うのか……。でも、言い訳を重ねれば重ねるほど事態は悪化しそうな予感がして、「いやいやいや……」などと曖昧にその場をかわしたが、ちょいとばかり後味が悪かった。最後は笑いながら「またねえ」と手を振って別れたものの、K子を傷つけたかもしれないと思うと、心の片隅にもやもやしたものが残った。K子は私が少々きつい言葉を投げかけても、平然と投げ返してくる強靭さとユーモアのセンスを持ち合わせ、丁々発止のやりとりが楽しくて、だから波長が合ったのだと思う。K子自身、丁寧語ながらも私に面白おかしくズケズケ言ってきたものだ。あるとき私が、「ブラジャーとは、頻繁に洗濯するものではないと思っていた。私の場合、だいたい三週間に一度の頻度で洗っている」というような内容のエッセイを書き上げて、担当編集者のK子に送ったところ、即座に電話がかかってきた。

「お原稿、読みましたあ。でもアガワさん、やだあ。本当に三週間洗わないんですかあ？　きったなーい！」

お父さんの汚れたパンツを間違えて拾い上げた娘のごとき奇声を発して呆れるので、私はビビッた。私同様、大ざっぱな性格と思しきK子でさえ、そんな反応か。この分では読者から反感を買う恐れがある。

「三週間を、二週間に変えたほうがいいかな」

提案したところ、

「いえいえ。三週間でいきましょう。大丈夫ですよ」

Ｋ子の太鼓判を信じて雑誌に掲載したところ、大反響だった。あちこちから「読んだぞ」と声をかけられた。ただそれは、共感とはほど遠く、

「三週間も洗わないの？　信じられなーい」

女性のみならず、憎からず思っていた殿方にまで眉をひそめられ、私は泣いた（わりにまたここで書いているんですけれどね）。

「あーん、失敗したよぉ。だから二週間に直そうって言ったのに！」

後日、Ｋ子に八つ当たりすると、Ｋ子は平然と言ってのけた。

「だって二週間より三週間のほうがインパクトがあって面白いですもん。でも二週間に直したところで、皆さん、呆れたとは思いますけどね」

そんな調子のＫ子だったのである。だからまさか、あんな一言で悲しそうな顔をするとは思いもよらなかった。

「結婚して変わったことはありますか」

ときどき問われる。そのたびに私は、

「たいして変わりません。仕事のペースは同じだし、さほどダンナに滅私奉公してないし。この歳で結婚すると、生活が一変するほどの状況にはならないですね」

でも、他人様の目には私はおおいに変革した存在だったようである。

独身者から既婚者。

そうか……、と改めて思う。

そういえば若い時分、次々に嫁いでいく友達を羨望のまなざしで見送っていた時代、よく憤慨していたことを思い出す。

「オンナって、結婚するとなぜ、どいつもこいつも博愛主義者になるんだろう」

新居での生活にもそろそろ慣れたらしき新妻が余裕に満ちた声色で私に語りかけてくる。

「どう？　お見合いしてる？」

「アガワも早く結婚しなさいよ。案外、悪くないわよ」

「高望みもほどほどにしたら？」

当時はこれらすべての台詞がいじめにしか聞こえなかった。勝者が敗者に向かって投げかける憐憫の言葉としか受け止められなかった。でも違ったのだ。今になるとわかる。

独身時代とさして変わらぬ気持を込めて、友達を労って、あるいはジョークのつもりで発しただけなのだ。もはやジョークは通用しない。立場が変わったせいである。結婚する者が必ずしも勝者とはかぎらない。結婚は地獄だという人も世の中にはたくさんいる。もちろん結婚したからには地獄に落ちたくないし、そうならないよう精進する所存である。だから、

「どう？　幸せ？」

そう問われたら、素直に「はい！」と答えたい。今のところ、答えている。しかしその質問者が、「もう結婚できないかもね、私たち」と互いのコンプレックスを舐め合っていたかつての同志である場合は、少しの配慮を必要とする。だからといって、

「幸せですか？」の問いに対して、

「まあまあ。でもやっぱり気ままな独身時代が一番よぉ。昔みたいに飲んだくれて夜遊びできないし、自分は食欲ないときも、ご飯作らなきゃいけないしさあ。けっこう面倒なことだらけ！」

無理に卑下して不幸がるのも、なんだかなあ……と、受け答えに迷っていたところ、

四十歳前後のきれいな女性に声をかけられた。

「アガワさん！　私、アガワさんのおかげで元気になりました。だってそんな歳になっても幸せな結婚ができるんだって思ったら、私なんてあと二十年以上猶予があるわけで。すごく気持が楽になりました」

元気になってくださったのはいいけれど、なにもそんな歳って、アータ……。

言葉は、発する側より受け止める側のほうがいつも繊細である。

お佐和ばあさん

ねえ　みんなは　じぶんの　名前って　すき？

そう問われて私は考えた。室井滋作、長谷川義史絵の『しげちゃん』という絵本の一節である。室井さんの本業は女優であり、加えて歌や文章も上手なことで有名だが、絵本作家としても優れた才能を発揮している。最近まで知らなかったが、傑作と言うべき絵本をすでに八冊も出版していらした。そのうちの一冊、デビュー作として刊行されたのが自伝的絵本『しげちゃん』である。

大ざっぱに解説するとこういうお話である。

しげるという名の女の子は自分の名前が嫌いだった。どうしてこんな男みたいな名前をつけられちゃったのだろう。しげちゃんは、大きくなったら名前を変えられると信じて、まわりに揶揄されながらも我慢して生きている。でもあるとき、親からつけ

られた名前は生涯変えることができないと知りショックを受ける。さあ、しげちゃん、どうする⁉

そうだなあ。自分の名前は、自分が選んで決めたわけではないから、名前と仲良くなれない子供は、つらいだろうなあ。

俳優の松坂桃李さんにインタビューしたときのことを思い出す。松坂さんは大人になるまでずっと「桃李」という名前に苦しんでいたそうだ。桃という字がついた男の名前は珍しい。しげるちゃんの逆のパターンで、女の子みたいな名前だと友達にさんざんからかわれたという。命名したのは父上だった。だから父上を恨んできたそうだ。ところが俳優になってみると、この「桃李」という名前が輝き出す。

「誰からもすぐに覚えてもらえて、いい名前だと褒められて。だから僕は大人になってようやく父親に感謝の気持を抱けるようになったんです」

いい話だった。松坂さんの父上も、自分が決めた名前を息子が気に入っていないことに気づいていたらしい。長い年月、どれほど切なかったことかと想像する。

幸か不幸か私は子供の名前を決めるチャンスに恵まれなかったが、もし親になると決まったら、どういう名前のつけ方をしただろう。子供にとっては人生にかかわる重大な問題だ。

私の「佐和子」という名前は墓から取った。その話は再三、書いたり喋ったりしてきたので詳細は省くが、父がたまたま通りかかった他人様の墓石を見て、「お、これにしよう」と決めたのだ。小さい頃、その話を友達にすると、「やだあ、怖くないの？」と眉をひそめられたが、私は嫌だとも怖いとも思ったことがない。ただ、できればもう少しお洒落な名前にしてほしかった。

「あんたが生まれてまもなくおばあちゃん（母の母親）が見舞いに来てくれて、『赤ん坊の名前、なんてつけたの？』って聞かれたから『佐和子』って答えたら、『そういえば、昔、ウチの近所にお佐和ばあさんって人がおったなあ』って言うから、おばあちゃん、ひどいこと言うなって思ったのよ」

あるとき母に笑いながらそう伝えられ、私はたぶん母より深く傷ついた。そうか、私の名前はおばあさんに似合うのか。そう気がついて、がっくり背中を曲げた。

周辺にはまだ名前の最後に「子」のつく女の子が多かった。が、少しずつ、「子」のつかない子が増えつつある時代でもあった。ルリちゃん、マリちゃん、えりちゃん、あかねちゃん、ミオちゃん……。同級生の名前はお洒落である。彼女たちに比べ、名がつかなかった。「マリ！」とか「ミオ！」などと呼び合うなか、「さわ！」はどう考えてもおさまりが悪い。中学になるといつのまにか、「アガワ」と苗字を呼び捨てにされ、それがあだ名の代わりになった。

そののち、漢字には一文字ずつ意味があると教えられた。教えてくれたのが誰だったかは忘れたが「佐和子の佐は？」と訊ねると、「わきで支え助ける」という意味だと言われたことは覚えている。ということは、私は「和」を「支え助ける」「子供」なのか？　そうと認識した途端、長らく冴えないと思っていた自分の名前がにわかに愛しくなった。

これまでも今も、自分が他人様の平和のために尽くした覚えはない。そういう清らかな人間でないことは自らがいちばんよく知っている。ただしかし、勝ち気でお喋りで図に乗りやすい性格のわりに、中心からはちょっとばかりずれた場所にいるほうが落ち着く。実際、そういう役割の仕事が長く続いている気がする。きっと名前の神様が、コイツは放っておくとどこに飛んでいくかわからない。だから自我を抑え、他人様の話をよく聞き、人の役に立つよう心がけなさいと、その気持を忘れさせないため

「佐和子」という名を与えてくださったのかもしれない。墓地で見かけた名前を「お、これにしよう」と決めた父が、そこまで深く考えていたとはとうてい思えないけれど、結果的には、いい名前をつけてもらったと、今は思う。叶わないかもしれないが、「佐和子」の名に恥じることなき方向で、残る生涯を送っていきたい。

そんな殊勝な心持ちになっていた矢先、故あって若い人たちの名前が並んだ名簿を目にした。で、びっくりした。読めない。覚えられない。日本人の名前とは思えない。言うまでもなく、「子」が最後につく女の子の名前は皆無に等しい。私たちの時代と比べると、子供の名前のつけ方は大きく変貌した。今どきは、「こう読ませます」と命名者が申告すれば、漢字にどういう「読み」をつけようと自由なのだそうだ。そんなものですかねえ。でもきっと、両親があれやこれやと考え抜いて愛しい我が子の名前を決めたのであろう。他人には奇異に感じられる名前にも親の気持が込められているはずだ。五十年後、このキラキラネームの子供たちが高齢になって、その名前で呼ばれる姿を見てみたい。もっともその頃、他人様の平和など考えぬ意地悪お佐和ばあさんはこの世にいないだろうけれどね。

エモことば

今どきの言葉についていけないと思い始めたのは、はたしていつ頃だろう。

先日、テレビ番組で会った若い女性ゲストが、「パリピとしては、やっぱバエないとつまらないんで」などと発言なさったのを聞いて、私は驚愕し、意味不明のあまり憤怒した勢いで、「ちゃんとした日本語使いなさい、ちゃんとした日本語を！」と彼女を叱りつけたら、あとで番組スタッフから「アガワさん、若い女の子に厳しいですよねえ」と揶揄された。

いやいや、そういうことじゃないだろうが。その女性は仮にも「雑誌編集長」を名乗っていたのである。ならば自ら使う日本語はもう少し大切にしてもらいたい。

「でも、彼女の雑誌は若い女の子向けだそうですよ」

そういうことでもないだろう。少なくとも活字を生業とする者は、会話する相手が

「自分と共通言語を使わない種族」と認識したら、どんなに自分たちの間で使いやすいと思ったり、おおいに流行ったりしていても、そういう言葉はなるべく避けて、ごく一般的な単語に変換して対応するのが礼儀というものだ。つまり、「ああ、このオバサンには通じないだろうなあ」と察したら、即座にそのオバサンにもわかる言葉で話を進めるのが、正しい若者のあるべき姿なのである。と、昔、父や先輩世代からさんざん教育された。

若者の間で流行りの言葉を使いたい気持はよくわかる。が、それは万民に通ずる言葉でないことを肝に銘じておきなさい。相手によって言葉を使い分けることが大事なのだ。

今、思い出したけれど、そう教え諭してくれたのは父ではない。他の人だった気がする。父はもっと厳しかった。なにしろ私が子供の頃、電話口で目上の人と話をしているときに、会話の流れから、

「いえいえ、とんでもございません」

そう私が声を発した途端、少し離れたところにいたはずの父がすっ飛んできて、

「とんでもございませんという日本語はございません。とんでもないと言え、とんで

もないと！」

怒鳴られた。父に言わせれば、「とんでもない」の「ない」は否定の「ない」ではない。「はかない」とか「やるせない」とか「せつない」とかと同様、それだけで完結している言葉である。「せつない」を丁寧に言おうとして、「せつございません」とは言わんだろう。「はかない」を「はかございません」とは言わないぞ。だから「とんでもない」を丁寧に言おうとするならば、「とんでもないです」あるいは「とんでもないことでございます」と言いなさい、ということだ。だがしかし、こちらは電話中である。その耳元で「使うな！」「間違っておる！」と訂正を求められても混乱する。わかりました、わかりましたよと、私は目と物腰にて低姿勢の合図をしつつ、ようよう電話を切った覚えがある。

その手の「間違った日本語」事件は、我が家では日常茶飯事だった。

「絶対ということは世の中に絶対ない。だから絶対という言葉は絶対に使うな」

「『立ち上げる』という日本語はおかしい。『立つ』は自動詞。『上げる』は他動詞。これを組み合わせるのは理屈に合わない」

「流行り言葉も百年生き延びれば日本語として認知されたことになるだろう。だから書き言葉に流行語はできるだけ使わないほうがいい。すぐに廃れる」

　挙げればキリがないけれど、こんな具合に家庭内で耳にタコができるほど言われ続ければ、おのずと子供も使うことを避けるようになる……少なくとも親の前では。ただ、若い頃は流行り言葉を使いたいのだ。お洒落に聞こえる。使ってみると、ちょいと時代に乗っている気持がする。だから友達と頻繁に言い合い、それが習いとなる。そこでつい、家の食卓でも口をついて出る。たちまち、

「なんだ、ナウいとは」

「お前は何かと言うと、なんちゃってーだな」

「みたいみたいって。〇〇のようにと、どうして言えないんだ」

あるいは、友達と話しているのを聞いていた父に、「その、『なになにでえー』とか『だからー』とか、どうして語尾を伸ばして言うんだ、それは流行りか？　耳障りだ」と怒られる。口を開くたびに、検閲官のように父がそばで訂正する。あの頃は文士の家に生まれたことをつくづく厄介だと思ったものである。

　ところがある年頃を境に、流行り言葉を「使いたい」と思う以前に、「なんだ、そりゃ？」と拒否反応を示すようになった。馴染みの編集者氏が、「グラサン、かけま

すよね」と言ったとき、「グラサン？　そういう流行り言葉はよろしくない」と言い返したところ、

「なに言ってるんですか。今は誰だってグラサンぐらい、使いますよ。バッシュとか」

「バッシュ？　なんだそれ」

「やだなあ、アガワさん、古すぎます」

そう言われたのは今から二十年以上前のことだと記憶する。たぶんそのあたりから一気に加速度がついた。聞く言葉、聞く言葉が癇に障る。

「このスカート、落ち感がいいんです」

店員さんにそう言われ、「落ち感？」とオウム返しをした鏡に映る自分の顔は、父そっくりだった。そう気づいても、私の眉間の皺は伸びない。シズル感、彼女感、抜け感、終わった感。

「アガワさん的にはスケジュール的にいかがでしょうか。番組的にはオッケーなんですが」

ディスる、神ってる、ありえなくなーい？　ありえるのか、ありえないのか、どっ

ちなんだか、わかんなくなーい？

さんざん若者言葉をけなしているが、実のところ、大きな声では言えないながら、「キレる」という言葉は秘かに評価している。キレること自体はよろしくないかもしれないが、怒りの感情の一つとして、「おこる」でも「いかる」でも「腹が立つ」でも「憤慨する」でもない、「キレる」という脳みその動きは、「ありよりのありじゃなーい？」と思うのである。

ああ、また私は激しくエモってしまったではないか。最近知りました。エモるとは、感情的になることらしい。

免許歴

運転免許証の更新をした。これで何回目になるだろう。大学一年生のときに取得して以来四十七年、途中、誕生日更新制度に変わったので記憶があやふやだが、おそらく十回目ぐらいではないかと思われる。

若い頃は新しく入手した免許証の写真を見つめて思ったものだ。

「次の更新のときは、苗字が変わるかなあ」

願望のような妄想のような呟きを、数年に一度のわりで秘かに繰り返していたが、ちっとも実現しないので、いくつの頃からか、そう考えることを、止めた。そしていつしか、そんな妄想自体を脳裏の彼方へ追いやった。追いやっていたのですっかり忘れていたが、思えばこのたびは、新しい苗字での初めての免許証更新となる。ついでに申し上げれば、「優良」、すなわちゴールド免許になったのも、今回が初めてだ。

「優良」とは前更新時から五年間、事故や違反を一切していない証である。歳を重ねてようやく運転に落ち着きが出てきたか。そうとも思えませんがね。

さて、免許更新の手続き経緯は以下の通り。

ある日、「運転免許証更新のお知らせ」なる葉書が届く。三つ折りにされた葉書をはがして見てみると、まあ驚くほどの情報量。更新期間、更新場所、手数料をはじめ、更新場所の所在地、受付時間、手続きに必要なもの、必要によりお持ちいただくもの、うんぬんかんぬん……。葉書の表裏を何度もひっくり返しながら、いったい私はどこへ行けばいいんだ？　何を持っていけばいいんだ？　十回も更新しているのに、まるで初体験のような感覚だ。公的手続きというのはどうしてこうもドキドキするのか。悪いことをしているわけでもないのに、なぜか緊張する。仕事仲間に助言を仰いだ末、新宿都庁ビル内にある運転免許更新センターに辿り着く。すると、入り口からすでに行列ができていた。見渡すと、内部は人でいっぱいである。誰もが黙々と、各行列に並び、自分の番を待っている。声を発しているのは係の人たちだけだ。

「はい、お次の方、どうぞ」

ハキハキした声に促され、カウンターへ歩み寄ると、

「この書類とこれを持ってね、次は四番窓口で手数料をお支払いくださいね」

スピーディかつわかりやすく来訪者を誘導する係員の手際の見事さに感心しながら、次の列の後ろにつく。するとまた、スピーディに手数料係とのやりとりが済んで、続いて五番窓口にて立ったままスピーディに視力の検査。で、六番窓口。係員の誰もがよどみなく、あれよあれよという間にカメラの前である。横の柱にはご親切にも小さな鏡が掛けてある。ここで顔と髪をさりげなく整えて、「正面向いて。撮りますよー」と言われたと思ったら、

「あ、ちょっと頭の上……」

カメラ担当の係員がいったん手を止めて、私の顔を見てニッコリ。乱れた頭頂部の髪の毛を指で押さえながら私もつい苦笑い。そのままパシャッと撮影された顔は、中途半端な笑顔となりにけり。

日本の証明写真には「歯を見せるな」「笑ってはならぬ」という暗黙の了解があると思われるが、かつてアメリカにて証明写真を撮ったときは驚いた。シャッターを切る寸前、カメラマンが大声で叫ぶのである。

「スマイル！」

こちらは反射的に口角を思い切り上げる。と、満面笑みの写真となる。アメリカの学生が皆さん楽しそうに見えるのは、この笑顔証明写真のせいかと合点がいった。このたびの私の写真、いっそそこまで目一杯笑ってしまえばよかったか。でもニッコリも変だし。この顔と今後五年間つき合うのか。微妙。

写真撮影が終了すると、いよいよ講習会場へ移動である。ここで「優良」運転者の「優良」たることが明らかにされる。エヘン。すなわち講習の時間が「一般」運転者ランクよりはるかに短いのだ。三十分で終わる。狭い教室にぎゅう詰めにされるのには多少まいったが、こちらの講師殿の語り口もまた見事によどみがなく、恐れ入った。しかも最新のデータを使い、最新の懸案事項に触れている。講義内容が頻繁に更新されていることがわかる。たとえば自転車事故の増加について触れられるので、そうなのよね、自転車には気をつけなきゃねと改めて身が引き締まる。

テンポ良く講義が終わったのち、後半はビデオを観る時間となる。実はビデオを観ている間に新しい免許証が出来上がるという仕組みらしい。即日交付か。前回もそうだったような気がするが、すっかり忘れている。

ビデオ鑑賞が終わり、講師殿が束になった免許証を手に教室へ戻ってきた。

「では、番号をお呼びしますので、順次受け取りに来てください」

私は手元の書類に視線を戻し、自分の番号を再度確認する。六二二番ね。よしよし。

「続いて、六一五番から六三〇番までの方」

呼ばれた。私は颯爽と席を立ち、「六二二番です」と申し出ると、講師殿、初めて言いよどむ。「ん？　あれ？」。免許証の写真と私の顔を比べつつ、困惑気味だ。どうしたのだろう。私の免許証だけ出来上がっていないのか？

「ちょっと、見せてくださいね」

私の手元の書類に記された番号を講師殿が確認し、

「ああ、六六二番ですよ、あなた」

なんてこった。私が番号を間違えていたのだ。後ろには長蛇の列ができている。あいつ、自分の番号も読めなかったのか。そんなことで大丈夫か、運転。テレビに出ているヤツじゃん。いつも偉そうに番組を仕切っているけど、案外、ドジ？　大丈夫か、運転？

沈黙の優良運転者諸氏の心の声が聞こえてくるようだ。私は慌てて隅っこの椅子に座って顔を伏せる。

全員の授受の最後にようやく免許証を受け取って帰路につく。歩きながら、改めて出来たてほやほやの免許証を確認する。中途半端に笑う自分の写真を見つめて思う。はたして私はあと何回、免許証更新に来られるだろう。

新任高齢者のツイート

いよいよ高齢者の仲間入りをした。人呼んで前期高齢者。だからなんだという感慨は別にないけれど、あと何年ぐらいこうして万事おおかた滞りなく日々を暮らしていけるだろうかと、ふと思う。十年後には七十五歳。その名称が残っているとするならば、後期高齢者に突入する。十年なんてあっという間だ。十年前に何をしていたかを思い出すと、時の流れの速さを実感せざるをえない。

そもそも高齢者を「前期」とか「後期」とか、誰が二分割したんだ？ 「前期」には、「そろそろ身の回りを整理して、終活を始めてくださいね」、さらに「後期」という言葉には、「まもなくお迎えがきますよぉ。準備はよろしゅうございますか」という囁きが込められているように聞こえるではないか。そんな呼称をつけておきながら、一方で国は「人生百年時代到来」を唱え、「もっと働いてください」と言い出した。

どっちなんだ。長生きはめでたいのか、それともお荷物なのか。もはや全人口の三分の一に近づきつつあるという高齢者（六十五歳以上）は皆、引退したほうがいいか、はたまた老体に鞭打って第二の人生を模索するか、鈍り始めた頭と身体でよれよれ迷っておりますぞ。

十年後、いったい私はどれだけ背筋を伸ばして歩き回り、人の話が耳に届き、たまに好きなゴルフをして、とりあえず台所に立って料理をしたり、テレビ画面に向かって、「くだらん！」と悪態をついたり、夕方になるとビールを飲みたくなったり、おいしいものを「おいしいぞ」と言いながら食べたりしていられるだろうか。

すでにけっこうな腰痛持ちである。朝、ベッドから起き上がるとき、「イテテテ」と言わずに立つことができない。洗顔の際、前屈みになって両手に水をすくってゆすごうとする、その姿勢がまた「イテテテ」である。

すでに耳が遠い。補聴器が必要なほどではないが、頻繁に人の言葉を聞き間違える。どんな聞き間違えをしたかと、ここで気の利いた例を挙げたいところだが、とんと思い出せない。先日、ゴルフ場で久しぶりに会った友人に、「アガワ、耳、遠くなった？」と鋭く指摘され、「そうなのよ」と応えながら、「こんな聴力でインタビューの仕事を続けていいものか？」と心中で自問し、かすかに動揺した。動揺したことは覚えている。でも、どういう聞き間違えをしたかは思い出せない。って、さっき書いたね。

だからすでに記憶力にも自信がない。耳が遠くなり、記憶力が低下して、いつまで仕事を続けられるだろう。いや、続けていいのか悪いのか。その引き際を潔く自分で定められるかどうか。それが心配だ。

幸か不幸か、組織に勤めぬ私のような商売の人間には定年がない。強制的に区切りをつけてもらう機会がない。だから、いくつになろうと意欲さえあれば仕事を続けられる。それは有り難いことと受け止めるけれど、自ら引退宣言をしないと、他人に迷惑をかけることになりかねない。「アガワさん、言ってることもやってることもボケてきたけれど、やる気だけあるから困るよねえ。誰かが鈴をつけないと、あの人、仕事辞めないよ」なんて陰で囁かれるのも嫌だ。さりとて早々に引退して、その後やたらに長生きしてしまったら、それはそれで厄介だろう。

父は九十歳を前にして断筆した。長く続けていた連載を打ち切り、「もう書かない」と宣言した。苦渋の決断かというと、そうでもなく、案外、あっさりしたものだった。

「書けばいいのに。老人の愚痴でも世間に対する腹立ちでも、普段、ウチでさんざん吐いているのだから、そんな話題を気楽に書けば、共感してくれる読者もいると思いますけどねえ」

さりげなく説得してみたが、思いのほか、父の決心は固かった。しかし家族としてはやや心配だった。生涯のほとんどを原稿用紙に向かう時間に費やしていた父が、その生活を突如として止めてしまったら、たちまちボケるのではないか。あるいは生きる気力を失って急激に老いるのではないか。ところが父にはそういう兆候はさして見当たらなかった。もちろん年齢なりの老いはあったが、余った時間で読書をしたり好きな麻雀に興じたりして、「旨いものを食いたい」欲と、家族の前で不機嫌になる体力は相変わらず旺盛だった。そんな隠居生活を四年あまり続けた末、大病に罹ること も認知症状を起こすこともなく、九十四歳にして老衰で亡くなった。今思えば、父が仕事を辞めたタイミングはなかなか絶妙だったように思われる。

父の晩年がそうだったからといって、娘も首尾良くいくとはかぎらない。まして、父のように直前まで頭がしっかりしている自信はさらにない。むしろ母同様、認知症になる確率のほうがはるかに高いと思われる。ならばどんな高齢者時代を設計すればいいだろうと、ときどきそんな不安が頭をよぎるのだが、実際のところは原稿の締め切りやインタビューの準備に追われて日々をあたふたしのぎ、そしてまた今年が終わろうとしている。

知り合いの知り合いの、つまり見知らぬ男性の話だが、その人、会社を定年退職したのち、道路工事現場での交通誘導員の職に就いたという。ヘルメットをかぶり、旗や誘導棒を手に自動車の通行を整理する係のことである。その噂を耳にした友人たちが同情した。気の毒に。さぞやつらい思いをしていることだろう。ところが本人は、いたって元気に答えたそうだ。

「会社じゃ誰も自分の言うことを聞いてくれなかったが、今は俺の意のままだ。『止まれ！』と言えば車は止まる。『行け』と合図すれば発進する。こんな気持のいいことがあるものか！」

ポジティブとは、もしかして、本人ちっともポジティブと自覚していない生き方のことを言うのか。自覚なきポジティブ老後はなかなか悪くない。

死ぬ力

延命治療をテーマにしたテレビ番組に出演した、間違って……。「アガワさんは、どう思いますか？」と、アナウンサーに問いかけられても、私はいったいどう答えればいいのだろう。にわかに考えはまとまらない。こんな重いテーマの番組に出演をオーケーしなきゃよかったと、その瞬間、頭の中で自分を罵倒した。「バカもん！」。罵倒したところでもはやスタジオだ。おたおたしながら取材ビデオを見たり、番組進行に従ったりするうち、今、延命治療には三つの方法があることを知る。

人工呼吸器、胃ろう、人工透析。

人工呼吸器って、口にプラスチック製のマスクをして酸素を送り込むやつ？　そういえば父も晩年、プラスチックマスクをしていたことがある。ああ、あれぐらいならいいかしらと思いきや、否。父が施されていたのは酸素マスクであり、長い管を気管に挿入する人工呼吸器とは別物らしい。さらに、病気や怪我で一時的に人工呼吸器を使うのとは異なり、終末期の場合は、そもそも患者が自力で呼吸のできない状態に陥っているわけで、外すとまもなく息を引き取るケースが多いという。逆に言えば、自力で呼吸ができなくなっても人工呼吸器を挿入すれば、かなりの年月、延命できるという理屈だ。

それはどうもねえ……。でも、もし家族が、老齢とはいえ突然、家で呼吸をしなくなったら、どうします？　十中八九、救急車を呼ぶだろう。まもなく逞しい救急隊員がやってきて、即座に血圧を測ったり心臓マッサージをしたりしてくれる。家族はドキドキしながらその様子を見守り、あたふたと、取るものも取りあえず担架の後ろを小走りして救急車に乗り込み、ドキドキあたふた病院に到着した途端、「どうします？　人工呼吸器をつけますか？」とお医者さんに問われることになる、たぶん。そのとき即座に、

「あ、その必要はありません」

さばさばと拒否できるか？　とりあえず、呼吸を取り戻してほしい。一日でも長生きしてほしい。そう思ったら反射的に、「お願いします！」と答えてしまうのではな

いか。

病院側とて同じである。救急で運び込まれてきた患者を見て、あ、この人はもう終末期だから余計な延命措置をせずに、そろそろお亡くなりになったほうがいいのではないかと、たとえ心の中で思ったとしても、命を助けるのが使命の医者が、なにもしないわけにはいくまい。まず呼吸を復活させる。それが彼らの仕事なのである。積極的に勧めるかどうかはわからないが、家族に提案するのは当然だろう。

「どうします？　人工呼吸器をつけますか？」

胃ろう、人工透析も、人工呼吸器ほどの切迫性はないにしろ、最終決断を下すのは家族となる。はたして自分がそういう状況に立ったとき、最良の判断ができるだろうか。自分の決断によって家族の命にピリオドが打たれる。あるいはいったん延命治療を了承したものの、しばらくのち、その状態が延々と続いていることが不憫になり、ましで入院費もかさんでいけば、「もうこれ以上はけっこうです」と言いたくなる日が訪れるかもしれない。だからといって「止めてください」と言えるのか（厚生労働省などのガイドラインによって言えるようになったそうですが）。「必要ありません」と言ったがために、もしかして助かるかもしれなかった命を自分が奪ってしまったのではないかと思ったら、なんともやりきれないだろう。

先年、九十四歳で亡くなった父は、それまでの三年半を老人病院で過ごした。最後まで自分の口で食事をし、息を引き取る前日には「ステーキが食いたい」と呟くほど食べる意欲が満々だったが、身体全体の生きる力は否応なしに衰えていった。そして意識が頻繁に朦朧とするようになり、本人の意思を確認するのも難しくなった頃、担当医に告げられた。

「あと二、三ヵ月という段階にきたと思われます」

そして家族は、「今後の治療について意見を聞きたい」と問われた。つまり、延命措置をするかどうかの判断である。そのとき、もの忘れの少し進んでいた母はさておき、兄、私と弟二人の四人きょうだいの答えは驚くほど一致していた。

「延命措置はしないでください。父は望んでいないと思います。ただ、痛いのは苦手なので、痛みを取る措置だけはお願いします」

前もって意思の統一を図っていたわけではない。それ以前、介護をめぐって意見の合わないこともままあった。それなのに、父の延命措置については迷うことなく全員が、「父は望んでいない」と確信したのである。そしてそう答えてほぼ半月後、父は静かに逝った。

出演した番組の最後に「延命医療」の専門家が発言した。

「元気なうちに、どういうふうに死にたいか、どういう医療を望んでいるかを、家族でじっくり話し合っておくことが大事です」

そうかもしれない。しかし私は思う。いざとなったらどうなるかわからないのだ。「私が死ぬとき、延命措置はしないでね」と宣言しておいたところで、その瞬間が訪れたとき、残されつつある側の心情がどう揺らぐか。そのとき自分の意識があるのかないのか。あるいは医療そのものがはるかに進んでいるかもしれない。延命医療の解釈が変わっている可能性もある。

人間は科学の進歩のおかげであらゆることを可能にしてきたが、いまだに不可能なのは、生と死を自ら選ぶことである。長らくそう思ってきたけれど、もしかしてこれから先、生も死も、自分で決断しなければいけない時代が訪れるのかもしれない。やれやれ。

「今のうちに言っておきますけど。もし私が先に死にかけても、延命措置はしないでね」

数独に夢中の亭主殿に念を押す。すると、数独から目をそらすこともなく、

「わかってる、わかってる。しませんよ、なーんにもしません」

そんなにあっさり言われると、ちょっと、寂しい気もする。

街頭の恥

先日、家の近所を歩いていたら、カメラを持った外国人男性に呼び止められた。

「エクスキューズミー。英語は話せますか？」

英語で問いかけられたので、てっきり道を聞かれるのだと思い、「アリトル ビット」と愛想良く答えたら、そばにいた褐色肌の女性がニコニコ近寄ってきて、持っていたA４サイズほどの紙を得意そうに私の前で広げた。

「この人、知ってますか？」

そこにはカルロス・ゴーン氏の顔写真がコピーされている。

「ん？　なんなんですか、これは」

問い返すと、金髪オトコが、「アー、フランスのテレビ局」と早口で答え、隣の女性がまたもやにこやかに、

「この人、知ってますか？」

写真を広げてニッコリ英語で繰り返した。

「そりゃ知ってますけど……」

このご時世、彼のことを知らない日本人はいないだろう。しかし、知っているからどうした。どういう回答を望まれているのだろう。つまりテレビの街頭インタビューか。しかし持っているのはスチールカメラ。「動画を撮っているんですか？」「そうです」「へええ」と、感心している私の前で、カメラマンはレポーターとおぼしき女性に向かい、フランス語でなにやら指示を始めた。工事中の騒音が大きすぎるので場所を移そうと言っているらしい。私に手招きしながら、後ずさりをする。レポーターもニコニコ手招きする。つい私も彼らのほうへ歩を進める。少し静かな窪地に移動したところで、今度はカメラマンが、

「会ったことはありますか？」

「会ったこと？」

いつのまにやら巻き込まれているぞ。ゴーン氏には一度、雑誌でインタビューをしたことがある。もはや十五年ほど昔だ。当時は救世主ゴーン氏に対してほとんどの日

本人が、そりゃ、やり方は厳しいけれど、さすがリーダーシップに優れた経営者だとおおいに賞賛し、その手腕に圧倒されていたのではなかったか。かくいう私も、「日産のみならず、日本の立て直しもお願いします」なんて一筆記した記憶がある。そんな話をするか、するまいか。実は私もメディアで仕事をしていますと告白するか、するまいか。迷った末に、

「見かけたことはありますよ」

カメラマンの目が光った。待ってましたと顔に書いてある。ここらはゴーン氏の住まいの近くである。生のゴーン氏を目撃した人間を探していたのだろう。

「いつ頃？　どんな雰囲気でしたか？」

インタビュアーは女性のはずだが、もっぱらカメラを持った金髪オトコが問いかけてくる。

「ずいぶん昔。アロハ姿で奥様（前の奥様？）と散歩していたけど、最初、気づかなかったんです。普通の外国人オジサンに見えたから」

私はすっかり「ご近所の主婦」の体を装っている。っていうか、実際、そうだけど。

「挨拶したとか？」

「しませんよ、見かけただけ」

「どんな雰囲気だった？」

矢継ぎ早の質問に、ずいぶん不躾ねと思いつつ、顔はニコニコ。だって撮られているからね。街頭インタビューを受けると、こういう複雑な気分になるものか。初めて知った。

テレビの仕事を始めた当初、私は街頭インタビューをする立場にあった。彼らと同じように路上にて待機し、通りすがる人の足を止め、マイクを突きつけたものである。見ず知らずの通行人に唐突に声をかけるのは勇気のいることだ。あからさまに不機嫌な顔で断られることもある。が、中には親切な人がいて、辛抱強くつき合ってくださる。そういうときは神様に会ったような気持になる。あの頃のことを思い出すと、無下にはできない。なけなしの英語を駆使して、必死に答える。最後は力尽き、オール日本語で、「今回のゴーンさんについてコメントできるほどまだよく状況がわかっていないけれど、とにかく日本とフランスの関係が悪くならないでほしいと思いますね」なんて優等生的感想を述べてその場をあとにした。気がつくと、ろくにお化粧もしていなかった。髪の毛もボサボサだ。せめて口紅ぐらい塗ってくればよかった。

三十年以上前、テレビの仕事を始めたとき、最初の取材が、「新宿駅西口にて、サラリーマンを捕まえてコメント取りしてこい」というものだった。

冬の夕暮れ。ひときわ寒い日だった。私は西口地下広場の通路に立ち、早足でこちらへ向かってくるサラリーマン軍団の中から一人に目星をつけて近づいていく。

「あのー、すみません。お急ぎのところ恐縮なんですが、実は私、ＴＢＳの深夜の……」

「お急ぎです！」

あっという間に去っていく。続いて優しそうな顔を見つけて、

「恐縮なんですが、実は私、ＴＢＳの深夜の番組の……。ちょっと質問させていただき……」

「ダメダメ」と苦笑される。

何度やっても失敗する新人レポーターに愛想を尽かしたか、ディレクターの怒声が飛ぶ。

「自己紹介なんかしなくていいんだよ。単刀直入に質問から入れ！」

続いてカメラマンも、

「俺がカメラで行く手を阻むから、君は横からマイクを突っ込みなさい！」

「はい！」と応えて覚悟を決める。来たぞ、サラリーマン。よし、とカメラマンが合図をし、標的の前に立ちはだかる。すかさず私が横から滑り込み、口元にマイクを突きつける。そして問う。

「あなたの会社は倒産の危機を迎えたことがありますか？」

どう考えても失礼だろう。これが私の初街頭インタビューだった。結果的に百人近くの男性にマイクを向け、番組で使われたのはほんの二、三人。思い出すだに寒さと恥ずかしさが蘇る。

「え、街頭インタビュー、されたの？」

後日、ゴーンインタビューのことを友人知人に話したところ、一様に驚かれた。

「先方はアガワに気づいてなかったの？」

「で、なんて答えたの？」

「ウソでしょ、お化粧してなかったの？　やばくない？　パリで流れるよ、それ」

パリで？　思い出すだに寒さと恥ずかしさが蘇る。

オンナの変声期

久しぶりにカラオケへ行った。

少しは新しい歌を歌ってみたいものだ。そう思いながらマシーン相手に（昔は分厚い歌本をめくったものですけど）選曲するのは、相も変わらぬ歌ばかりである。プロでもないかぎり、一人の人間の脳に蓄積される歌の数は限られているのか。当世流行りの歌を聴き、ああ、いいなとその瞬間は思っても、すぐに忘れる。歌手の名前もなかなか頭に入らない。ましてカラオケで歌おうなどと思ったら、サビの部分しか知らなかったことに気づき、ほとんどお手上げ状態だ。必然、若い頃から繰り返し歌ってきた歌しか披露できない。

「で、アガワさんの十八番はなんですか？」

そう聞かれるたび、「うーん。若い人はもう知らないかもね」と断りつつ、薬師丸ひろ子の「セーラー服と機関銃」とか、ザ・ピーナッツの「恋のフーガ」とか、ハイ・ファイ・セットの「最後の春休み」とか、私にとっては比較的新しい歌に属するスピッツの「ワシントン」……じゃなくて「ロビンソン」（いつも間違える）とかを入力すると、「ああ、知ってます知ってます。母が大好きです」といった具合。それでも臆することなく歌ってやると、

「いい歌ですねえ。アガワさんの声、高くて初々しい〜」

そんなふうに褒められたことがけっこうあった。それなのに、ああ、それなのに。このたびいつものように馴染みの歌を歌ったら、高い声が、ぜんぜん出ないのだ。風邪を引いていたわけではない。直前に、がなりたてた覚えもない。にもかかわらず、まるで総選挙直後の政治家のごとく、はたまた首を絞められたニワトリのように、だいたい上のドあたりから声がかすれ始め、無理に出そうとするとすきま風のようなヒューヒュー音が開けた口からもれ出すのみである。これはいかなる現象だ。

「そりゃ、普段、歌ってないから声帯が細くなっちゃったんだよ。歌い続けていたら出るようになるさ」

今回、一緒に歌いに行ったカラオケ大好きオジサン（私より歳上）に指摘された。

確かに最近、高い声を出す機会が減っている。大きな声を出すことはあっても、高音を出す必要に迫られることはない。

先日も、インタビューの仕事で同世代の女性と話をしていたおり、話の流れで、

「ほら、私とかアガワさんとか、声が低いでしょ」と言われ、しばし「ん？」と思った。今まで「声が低いオンナ」と指摘されたことがない。そういうイメージなの、私？　また別の日に、ナレーションの仕事でスタジオにこもった。一連の録音を終え、聞き直した自分の声がバカに低く思われたので、

「もう少し、高い声のほうがいいでしょうか？　録音し直しますか？」

ディレクターに申し出ると、

「いや、これでいいです。お疲れ様でした」

先方がこれでいいというならいいのだろうと思ったが、かつてこういう声で合格した覚えはない。

「もう少し明るく。高めの声でお願いします」

ダメ出しをされた記憶のほうが多い。つまりはもう少し可愛らしく表現してくれという意向であった。それが若い女性に期待されるナレーションの声だった。そもそも

「可愛い声」というものに抵抗のあった私は、当時は嫌々ながら音程を上げていたが、「可愛い声？　あ、要りません」と言われると、侘びしい気持が湧かないわけではない。

こう見えても（ってどう見えているか知りませんが）学生時代、合唱の授業ではソプラノを担当していたアガワである。ミッションスクールだったので、クリスマスが近づくと『メサイア』や伝統的クリスマスソングの猛特訓を受けた。声楽の先生の指導のもと、

「お腹から声を出して、頭のてっぺんに響くように。口は縦に開いて！　喉元だけで歌ってはダメ！　はい、もう一回！」

それは厳しく教えられたものである。当時のことが懐かしく、その女学校を卒業してのちも、毎年クリスマスの季節になると歌うことの好きな友が集まる。ほんの五、六人ではあるが、老眼鏡をかけて楽譜を見ながらそれぞれのパートを必死に追い、思い切り声を張り上げて常日頃のストレスを解消するという、通称「メサイア会」を長年続けている。残念ながら私はここ二年ほど都合がつかず欠席しているのだが、昨年暮れにも数人が集まったようで、「アガワのソプラノがいないのでみんな困っていま

す。来年は参加してね」というメールを受け取ったばかりである。それなのに、ああ、それなのに。声が出なくなっちゃったのよ。こんなことで今年、「ハレルヤ」を歌うことができるのか。

ためしにシャワーを浴びながら『コールユーブンゲン』風に半音ずつ音階を上げて発声練習をしてみたが、やはり高い音が完全にかすれる。湿度たっぷりの風呂場でこうなのだから、これはもう声帯が衰えたとしか思えない。

オンナの声は年代によって変化する。そうエッセイに書いたことがある。幼い頃は頼りなく、小中高と成長するにつれ、キャッキャと笑い騒ぎ、高い声に混じってドスの利いた太い声を出すようになる。が、恋を意識する頃からやや甘え声が混ざり、さらに結婚し、幼い子供を連れたヤングママを演じる時代はさらに甘く優しくなる。ところがその後、子供が成長し、あるいは異性を意識しなくなるあたりから、高校時代のドス声が復活する。そしてその後は年齢を重ねるに従って、しゃがれたり太くなったりするのだと、これは私の持説であり、つまりオンナの声は対する相手への意識の持ちようによって変化すると信じていた。でも違った。異性や社会的立場を意識するからではなく、物理的に可愛い声が出なくなるのだ。それは老化現象の一環か、はたまたホルモンの問題か。理由は定かでないけれど、オンナにも変声期があることは確かである。こんなことなら若い頃、もっと高い声を大事にすればよかった。「可愛い子ぶるのは嫌だ」なんて、余計な意地を張らなければよかった。

若い娘さんたちに告ぐ。今、出しているその愛らしい声は、そのうち出なくなりますぜ。今のうちにせいぜい活用しておきなさい。

念入り番組

テレビの生番組に招かれた。夜の十時に本番スタートと聞いていたが、「六時半までに来てください」と告げられる。

「そんなに早く行かなきゃいけないの？」

訊ねると、秘書アヤヤ曰く、

「メイクと着替えが一時間、三十分ビデオの試写を観て、打ち合わせが一時間、そのあとリハーサルが一時間で、それから本番という計算らしいです」

念入りなことで知られるテレビ局だから覚悟はしていたが、それにしても念入りが過ぎる。その上、「五時四十五分に家を出発してください」とのこと。しかし我が家からテレビ局までは、どんなに渋滞しても車で三十分以内に着く距離だ。

「そんなに早く出なきゃいけないの？」

「念のため」

つまり、ほぼ三十分の番組のために五時間を提供することになる。その段階で私の口がへの字に曲がり始めた。

こんなことはあまり知られたくないのですが、事実なので告白すると、アガワサワコは怒りっぽい。

「いつもニコニコしているから、そんなふうには見えませんけど」

ときどきお世辞を込めてそういう言われ方をするけれど、けっこう怒りっぽい。瞬間湯沸かし器という異名のあった男の娘である。遺伝子には逆らえない。歳を重ね、ますます父親に似てきたという評判だ。自分では抑えているつもりでも、ときどき化けの皮が剝がれる。その実体を知っている人は周囲に何人かいる。

つい先日も、以前テレビの仕事を一緒にした仲間と久しぶりに集まったら、

「いやあ、アガワさんはとにかく毎回不機嫌でしたもんね」

「そうそう、よく怒られたなあ」

懐かしみと恨みを込めてニコニコグサグサ言われ、それは確かに事実であった節もあろうけれど、

「できるだけ面白い番組にしたいと思うからこそ腹を立てるんです！」

いくら弁明しても、皆、ニコニコグサグサ。怒った過去の事実はぬぐえない。そして今回も、口をへの字にしたままテレビ局の玄関に到着してみれば、案の定、早過ぎた。延々と待たされる。玄関は極めて風通しがよく、たいそう寒い。風邪気味だったせいもあり寒さがこたえる。担当スタッフを呼び出すが、なかなか現れない。への字はさらにカーブを深める。十分ほど待ってようやく走り寄ってきたスタッフに向かい、

「自分でスタジオに来てくれと指示してくだされば、行きますよ！」

眉間に皺を寄せて叱りつける。平身低頭のスタッフに案内されて楽屋へ。ぷんぷん。ぷんぷん気分のままメイキャップを終え、出演用の衣装に着替えた頃、「そろそろ打ち合わせを」と別室へ案内される。横長のテーブルで四角く囲い、まさに会議室の体をなした部屋にて、司会者、プロデューサー、ディレクターとともに番組で流す予定のビデオを観て、「どうお感じになりましたか？」と感想を求められ、討議をし、質問を吟味して、また次のビデオを観る。つまり本番に向けての入念な机上予行演習である。

その日のテーマは「科学的介護」であった。高齢者だらけの時代を迎えるにあたり、各地、各医療施設、各業界で科学に基づいた新たな試みが進められているという。私自身は両親の介護をちょこっと経験し、それをもとに介護についての対談集を出し、小説も書いたが、決して介護医療の専門家ではない。そんな人間がこんな真面目な番組で、どれほどの意見を述べればいいのか。怒りがしだいに不安へ変わっていく。眉間の皺は変わらない。

念入りな打ち合わせを終えると、

「そろそろスタジオへ移動してください」

いよいよ本番が近づいた。と思いきや、

「では、リハーサルに入ります」

数台のカメラの前、「アガワさんはこちらへ」と指示されてスツールに腰を下ろす。まもなく、まるで本番が始まったかと思うほどの緊迫感の中、司会者が挨拶をして、よどみなく番組の趣旨を述べ、ゲストの私を紹介し、先程観たビデオが再びモニターに流れる。本番同様、きっちり流れる。ビデオが終わり、

「さてアガワさん、どう思われましたか？」

先程、会議室で答えたいくつかの意見の、ここではどれを述べることがいちばん適切であろう。迷いつつ発言し、

「あ、いや、ここでこの話じゃないほうがいいですよね」

司会者に問う。

「でしたら僕がこう質問します。それでアガワさんが、あの話をなさるってのは？」

「ああ、それがいいですね」

「その次のビデオのあとは、こう聞きます」

「いや、それだと誘導尋問に聞こえるから、じゃ、こう聞いてもらえると答えやすい」

本番さながらに、ビデオを観て意見を言い、司会者と発言を吟味し、修正し、納得し、「ここは話が長くなるから、こっちはカットしましょうか」とディレクター、プロデューサーに相談し、時間内に収まるよう話す内容とスピードを調整するうちに、だんだん頭が整理されていく。そして、

「ではそろそろ本番です！」

十時。いよいよ本番が始まった。生放送である。リハーサルのときと、音も光も景

色も人の動きもなんら変わりはないけれど、今、自分が喋ったり司会者と会話したりしている姿がそのまま全国に流れているのである。テレビの仕事を始めて三十年以上経つが、それでもじゅうぶんに緊張する。失敗したらやり直しはきかない。一つ一つのコーナーが終わるたび、「よし、ここはクリア」と心の中でガッツポーズをし、次は何を言うんだっけと頭を巡らせる。

「いかがでしたでしょうか」

司会者の最後の問いかけに、

「そうですねえ……」

自分なりの意見をなんとか言い終わった瞬間、カメラ横のスタッフの秒数カウントダウンが一秒となり、「ありがとうございました」。

「はい。終了です！」

無事に番組が終わった。

「おお、なんとか収まりました！」

よかったよかった、わーいわい！　平身低頭していたスタッフと抱き合って喜ぶ。

そして私は学んだのである。

練習は大事なんですね。

スタッフ全員に頭を下げ、見事なリードをしてくださった武田真一アナウンサーにお礼を申し上げ、深く恐縮した。ぷんぷんして、ごめんなさい。

予定外のオンナ

人はそれぞれであるものだと、このたび改めて認識した。

先日、お笑い芸人のブルゾンちえみさん（現在は「藤原しおり」で活動）とお話をしたら、彼女は「予定外」が嫌いなのだそうだ。「ほおー」と私は感心した。そういう人がいるとは思ってもいなかった。

私はもとより「予定外」が大好きである。インタビューの仕事でも、もちろん前もって予想はする。こういう質問から始めてこういうテーマに移り、この話を後半に入れようか。この話題はぜひとも聞かねばならぬ。でも、あの件についてはきっとお答えくださらないだろう。いろいろ想像し、限られた時間内の流れをおおざっぱに組み立てる。でも実際にお会いしてみなければ、どういう話の展開になるかはわからない。だからどんなに自分の質問の順番を構成しておいても、その通りに進むことのほうが稀である。

たとえば無口だと予想していた方が、案外楽しく話してくださることもあるし、お喋り上手だから大丈夫だろうと油断していると、思いの外、口が重い場合もある。はたまた「この話題は聞いたらご機嫌を損ねるかも」と及び腰でいると、なんと相手から率先して話し出してくださるというありがたい事態が発生する場合もある。そして、結果がどうあれ（もちろん失敗したときは落ち込むが）、思いも寄らぬ対談になったとき、終わったあとに担当の人と顔を見合わせて呟くのである。

「面白かったねえ。こんな人だとは思ってもいなかった」

そういうときはことのほか、嬉しい。

仕事だけではない。旅についてはさらに予定外が好きである。だからといってまったく旅程を立てず、いきなり飛行機や電車に飛び乗るなんて暴挙に出るほどの勇気はないので、最低限、乗り物のチケット購入とホテルの予約ぐらいは事前にしておくが、あとは旅先のガイドブックをペラペラめくり、ああ、ここに行ってみたい、これを食べてみたいと妄想を膨らませ、現地についてから決めようと思う程度だ。

そういう私の前でブルゾンさんは、自らの旅ノートを広げて説明してくださった。

「去年、イタリアへ一人旅をしたときのメモです」

そこには現地に到着して以降の細かい行動予定が記されている。まず駅へ行き、町の周遊チケットを買う。しかし「もしチケット売り場が見つからなかったとき」とか、「もしチケットが手に入らなかったら」とか、予定通りにコトが運ばなかった場合の対処法も加えられていた。そして「朝、起きたときに疲れていた場合」と「疲れていなかった場合」の予定も書き分けられている。

「疲れていた場合は、午前中、ホテルのカフェでゆっくり過ごす。疲れていなかった場合は美術館へ行く」

なんという綿密さ、用心深さ、几帳面さであることか。そんなこと、そのときになって決めればいいでしょうが！

「でも時間は限られているのですよ。無駄に歩き回ったり、無駄に迷ったり、慌てたり疲れたりしたくないじゃないですか」

そりゃそうかもしれない。でもね、と私は反論する。

「予定通りにいかなかったときにこそ、旅の醍醐味があるんじゃないの？」

旅から戻って「どうだった？」と人に聞かれたとき、興奮気味に語れるのは、だいたい失敗談である。年月が経ち、旅を振り返るとき、映像とともに浮かんでくるのは予定外の展開になった場面ばかりである。それこそイタリアの空港でパソコンを見失い、「盗まれた！」と思ったら、その後しっかり空港内の交番に届けられていたことがわかり、イタリアでモノを失くすと二度と出てこないと思い込んでいたことを深く反省した思い出や、スペインのレストランであちこちから私の名前を呼ばれ、いちいち立ち上がって返事をしていたら、それは水（アグワ）を注文する声だったことがわかった恥ずかしさは忘れられない。むしろ予定通りに進んだ旅の記憶は薄い。トラベルは、死の恐怖に及ばない程度のトラブルだらけが面白いのだぞ。と言うと、「え！」とブルゾン嬢は顔をしかめてのけぞった。

「そんなの、いやですよ。私は予定通りの行動が達成できたときこそ満足感があります。一つずつクリアしたぞ！　っていう喜びがあります！」

　そのときチラリと思い出した。そういえば、私も企画庁長官と呼ばれていた時代がある。試験が近づくと、レポート用紙を取り出してまず計画を立てる。朝八時から十時は世界史。十時半から十二時まで古文。昼休みを挟んで一時から三時、英文解釈。その後、三十分ティータイム。そして三時半から数学……。きれいに書き上げると勉強机の前の壁に貼りつける。すでにかなりの満足感。よし、この予定で頑張るぞ。ところがこの計画、守られたためしがない。どんどんずれ込んでいく。ずれ込むごとに書き直す。昼休み後を古文にして、ティータイムは夜に回そう。よし、頑張るぞ。

いくら書き直しても予定は予定。現実との落差が大きくなるばかりである。そして結局、すべてが間に合わないまま試験に突入するはめとなる。家族はそんな私を見て、「企画庁長官」と命名した。つまり、私は立てた予定を達成したことがないのである。だから、予定をクリアして達成感を味わったことはない。

そこがブルゾン嬢と根本的に違うところだと、あとで気がついた。ブルゾン嬢は、立てた予定を達成した経験があるからこそ、予定をしっかり立てたくなるのだろう。予定を立てたところでロクな結果にはならない。そう思い込んでいる私は、「予定とか段取りとか、無駄よ！」と豪語するオンナになってしまった。子供の頃の体験は性格に影響するのだね。

でも私は、予定をいっさい立てない旅をしたいと思いつつ、同時にしっかり予定を立てる友と旅をするのは好きである。なぜなら、自分が予定を立てなくてすむ上に、予想もしていなかった新たな経験ができるからである。

「じゃあさ、今度、私と一緒に旅に行こうよ！」

　ブルゾン嬢に持ちかけたら、

「いいえ、行きたくありません」

　きっぱり断られた。豪快なキャリアウーマンを演じて人気の出たブルゾン嬢は、予想外に慎重で几帳面な人でした。

叱られて若者

かつてテレビの番組で一緒に仕事をしていた仲間と久しぶりに集まった。

当時、飛ぶ鳥を落とす勢いで筆を走らせていた構成作家のI先生は、数年前から緑に覆われた高齢者向けマンションに移り住み、ご夫婦でのんびり過ごしていらしたが、先年、奥様に先立たれたという。そのお悔やみも兼ねてI先生のマンションをお訪ねした。

同行者の一人、プロデューサーのイチさんも七十代の半ばにさしかかり、すでにテレビ局を辞めて久しい。昔は番組の司令塔として眼光鋭く後輩ディレクターたちを叱咤し、野武士のような男気をみなぎらせていたが、コートを脱いだのちの姿を見てみれば、

「ずいぶん膨らんでますね。サンタクロースみたい」

イチさんのお腹をさすりさすり笑うと、

「だってイチったら家から一歩も外に出ないらしいよ。面倒くさいんだって」

隣のKさんの代弁を受けて私が、

「家でなにやってるんですか？」

訊ねると、今度はイチさん本人いわく、

「パソコンで、ゲーム」

イチさんと同世代のKさんは、プロのアナウンサーとして初心者アガワを長年ご指導くださった。ニュースの読み方から早口言葉で口舌をなめらかにする方法、取材の仕方やコメントをまとめるコツまで。とにかく私は何をやっても上手にできず、番組メインキャスターの秋元秀雄氏に叱られてばかりいた。

ある日、天気予報を担当していた私は秋元さんに、「台風が接近しているそうだが、どっちへ向かっているんだ？」と問われた。事前に気象協会の人から天気概況の解説を受けていた私は得々と、

「まだ進路がはっきりしていないので、今日は触れなくていいそうです」

軽く答えたのが間違いだった。

「なんだと？」

狭いスタッフルームに秋元さんの怒声が響いた。

「そんないい加減な情報収集で放送する気か？　出て行けえ！」

本番直前に勘当され、隣室で泣きながら追加取材をし、泣きはらした目で生番組に出た。恐怖の思い出である。

「あの頃はサワコさん、よく泣いてたよなあ」

そう、よく泣いていた。仕事場に涙は禁物などと虚勢を張る余裕もなく、みんなの前で堂々と、ビイビイ泣いた。いったい私の人生はどうなってるんだ。家に帰れば父に怒鳴られ、仕事場に行けばボスに怒鳴られ、助けてくれる優しい王子様は現れる気配もなく、ああ、なんと不幸な娘だろうと我が身の運命を憂えた。考えてみればそんな役立たずがよくぞクビにならなかったものだ。今さらながら上司の気の長さに感謝する。役立たずアガワはなぜか今もテレビの仕事を続けている。

「で、どうなの？　今の番組は楽しい？」

構成作家のI先生に聞かれ、

「うーん、若いスタッフに腹を立ててばかりいるから、嫌われているかも」

たちまちKさんが笑いながら、

「秋元さんに似てきたんじゃないの？」

　すると、即座に、

「そうなんですよ。サワコさんったら、昔の秋元さんそっくり」

　そう暴露したのはウサコである。紹介が遅れたが、今回の会合の最若手、ウサコとは今でも一緒に仕事をする仲である。私が秋元さんの厳しい薫陶を受けていた当時、新入社員として我々の番組に配属されてきた。

「ウサコ、いくつになった？　四十か？」

　イチさんが訊ねると、

「違いますよぉ。もう五十二歳です」

　赤ちゃんが生まれたと報告を受けたのはつい最近のように思われるが、そのお子さんが今度、大学生になるという。そして本人は現在、いくつかの番組を統括する部長職についているそうだ。

「ウサコがねえ、偉くなったもんだ」

　口ではそう言うが、みんなの心の中でウサコは相変わらず新入社員である。本人もこのメンバーの中にいるとそういう気分になるのだろう。重い手土産を一手に引き受けて、みんなが食べ散らかしたゴミを集め、コーヒーカップを洗い、土産代の割り勘計算をする。ウサコは気働きのある新米ディレクターの顔に戻っている。

「でも考えてみればねえ……」

ふと思った。私がビイビイ泣かされた威圧感全開の秋元氏は、たしか当時、還暦前ではなかったか。

「今の私よりずっとお若かったんだ。あの貫禄はなんだったんだろうね」

「あと数年で、あの頃の秋元さんの威厳を持てと言われても、私、無理です」

私がしみじみ呟くと、ウサコも深く同意する。そこへイチさんが身を乗り出し、

「おい、ウサコ。最近のテレビはどうなってるんだ？　まったく独自性がない」

「いやー、私に言われても……」

「お前たちがしっかりしないからいけないんだろ」

元上司に苦言を呈され、五十二歳の新入社員はしきりにペコペコと、頭を下げたり弁明したりと忙しい。ひとしきり叱責タイムが続いたのち、イチさんがニヤリと笑っ

てこう言った。

「古代エジプトの遺跡にも『最近の若者はなっとらん』って落書きがあるんだってね。つまり、古代文明の時代から人間はひたすら退化し続けてるってわけだ」

ダメな若者が歳を取り、自分より若い連中に腹を立て、けなされた若者がその後、若い連中相手に「なっとらん」と文句を言う。この連鎖の末、人類は史上最低の「なっとらん」動物に成り果てたということか。

帰り道、「家を一歩出るのも面倒」だったはずのイチさんは、心なしか昔の威勢を取り戻したかに見えた。同時にウサコは叱られて、妙にイキイキしている。高齢者はときに若者を叱りつけ、元若者はたまに歳上から叱られるといい。これぞ若返りの秘訣、はたまた活力の源なり。

人生を変える歌

あなたにとって、人生を変えた歌はなんですか。そういう質問を受けるときがたまにある。そのたびに激しく悩む。

そんなもの、あったかいな。その歌に出合ったおかげで人生が大転換するなんてことは、よほど音楽を極めている人か、はたまた死ぬほどつらい思いをした人ぐらいしか経験しないのではないか。

好きな歌は山ほどある。でも、その歌によって人生が変わった覚えはない。自分が司会をしている番組でゲストに「好きな曲はなんですか」とお訊ねしている身としては、はなはだ申し上げにくいのですが、私がゲストになったら激しく迷うだろう。あれもいい曲だ、あの歌も好きだな、いやこっちのほうが好きかな、あれも捨てがたい……。やっぱり選べない。音楽から学んだり、その曲が流れるたびに同じ情景が蘇ったり、あるいは聴くたびに涙が流れそうになる曲は、いくらでも挙げることができる。たとえば、今でも思い出すのは、ＮＨＫで放送していた『次郎物語』の主題歌である。ペギー葉山さんが歌っていた。暗い日々を送る次郎を励ますかのような優しい声で、「次郎　次郎みてごらん」と歌ったあと、こういう歌詞が続く。

　松の根は岩をくだいて生きて行く。

　当時、私は小学五年生ぐらいだったが、その歌詞を聴くたびに、「そうか。松の根は硬い岩も砕くのか……」と感動し、父に叱られてばかりいる切なさや、成績が芳しくない苦しみや、友達関係の憂鬱を乗り越えて、強く生きていくぞと、我が身を鼓舞したものである。

　同じＮＨＫの『みんなのうた』からも大いに元気づけられ、多くのことを学んだ。谷川俊太郎作詞、寺島尚彦作曲の「日本語のおけいこ」を聴いて私は「いろは」を全部言えるようになったし（ただし、メロディがつかないと今でも最後まで暗唱できない）、トロントやモントリオールなどのカナダの都市の名前を知ったのも、芦野宏が歌った「カナダ旅行」のおかげである。そういえば、中学一年生のとき、洋酒のコマーシャルで、「Ｉ　Ｍｙ　Ｍｅ　サントリーレッド♪　Ｙｏｕ　Ｙｏｕｒ　Ｙｏｕ

サントリーレッド♪」という歌が流れていたが、あの歌で私は英語の主格、所有格、目的格を覚えた。今思い出しても中学生にとって実にためになるコマーシャルソングであったと作者に感謝したい。そのついでといってはナンだが、発毛促進剤のコマーシャルのコメントを聞いて「髪」という漢字を覚えたつもりになっていたら、試験でバツをつけられたことも忘れられない。「髪は長ーい友達」というキャッチコピーだったから、「髪」の漢字の「镸」の部分を「長」と書いてしまったのである。安易に覚えようとしてはいけないと、その後、反省した。

長じるにつれて音楽の趣味もしだいに変化していった。ギターを弾くようになってフォークソングに目覚め、しばらくはベッツィ&クリスや森山良子気分で国内外のフォークソングを友達とハモることに熱中し、一方でミュージカルにはまり、ジュリー・アンドリュースのようなミュージカル女優になりたいと叶わぬ夢を見ていた時期もある。

その後、ジュリー・アンドリュースさんにインタビューした。もはや彼女は喉を痛めて歌手を辞め、女優として活躍していたのだが、映画の宣伝のために来日した際、会えることになったのだ。私は興奮した。どんなに小さい頃からファンであったか、彼女の歌声にどれほど魅了され、どれだけたくさん歌いながら育ったか。この深い敬愛の気持を伝えたくて、インタビューに入る前、自己紹介がてら、口ずさんだ。「チム・チム・チェリー」「サウンド・オブ・ミュージック」「エーデルワイス」「私のお気に入り」……。アンドリュースさんは私の下手な歌を聞き、「オウ」「ワンダフル！」「エクセレント」と驚き、にこやかに微笑み、そして喜んでくださった……かに見えた。私は嬉しくなった。もっと知っているぞ。彼女がブロードウェイで『マイ・フェア・レディ』の主役を演じていたことも。なにしろそのサウンドトラック版のレコードを、まだミュージカルというものが何であるかも知らない五、六歳の頃より、我が家で毎日のように聴いていたのである。英語の意味もわからず、でもなんだか物語がありそうな歌ばかり。そのメロディと雰囲気からさまざまな場面を想像し、真似して歌ったものだ。「踊り明かそう」「スペインの雨」「Wouldn't It Be Loverly?」。そののち小学五年生になって初めてこのミュージカルを映画館で見ることになる。主演はオードリー・ヘップバーン。歌はマーニ・ニクソンという吹き替え専門歌手が歌っていたので、ジュリー・アンドリュースの声ではなかったが、以来、私はミュージカルの虜になった。

そんな個人的な経緯までを実物のジュリー・アンドリュースさんには説明しなかったが、いつまでも歌い続ける私に、ジュリーさんの反応がだんだん薄らぎ始めたことに、ある段階で気がついた。

「そろそろ、インタビュー、始めますかね？」

断っておくが、私の尊敬する心優しいジュリー・アンドリュースさんは、決して辟易した顔も飽きた素振りも微塵とてお見せにならなかった。ただなんとなく、もうじゅうぶんかなと私自身が感じ、歌うのをやめて、質問を始めたのである。

そのときの感動を私は何人かの友人知人に話した。結果、「ジュリー・アンドリュースは『Ｅｎｏｕｇｈ！』と言ったにちがいない」と、感想はほぼ一致して、以来、事実は曲解されたまま広がった。この場を借りて断っておくが、ジュリーさんは決して「Ｅｎｏｕｇｈ」とはおっしゃらなかったんだってば！

それはさておき、その後、私は仕事柄、たくさんの歌手の方々に会う機会を得た。自分の好きな歌を歌う方であったときはつい、ご本人の前で歌いたい衝動に駆られる。するとまた、友人知人に言われるのである。

「どうしてそんな図々しいことができるんだ？」

そうじゃなくて、ただ、どれくらいその歌が好きであるかをご本人に直接伝えたいだけなのだ。でも私は今、気づいた。私の人生を変えた歌は、ジュリー・アンドリュースの歌の数々である。彼女に会って以来、歌手本人の前で歌ってしまう図々しい癖がついた。人生は、変わった。

ひと夏の経験

「聞き書き甲子園」というプログラムがある。林野庁が企画をし、その後、たくさんの民間会社の協力を得て継続しているのだが、二〇一八年で十七回目を迎えた。どういうプログラムかというと、各地の森や海、川で働く名人……たとえば枝打ち職人、焼き畑農業者、一本釣り漁師など、林業や水産業のベテランおよそ百人のところへ全国の高校生ひとりずつが訪ねていって、一対一でじっくり話を聞き、録音し、写真を撮り、名人の一人称形式で論文にまとめるという活動である。どの高校生がどの名人を訪ねるかは、交通の便の問題などを配慮して主催者チームがマッチングするのだが、取材日の交渉も聞き書き自体も、高校生一人で行う約束になっている。

企画側のもくろみとしては、日本の第一次産業人口が激減している昨今、若者にその歴史や貴重な技を認知してもらいたい。農林水産業に携わる人々がどんなところに住み、どういう生活と仕事をしているかを調査する。間近に接することで、「なんとかけがえのない仕事だろう。よし、僕が後継者になってやる！」とまではいかないかもしれないが、彼らの苦労や素晴らしさを知ることには意味があるのではないか。と、林野庁の人に説明されたわけではないけれど、私はそう理解した。

私がこのプログラムに関わったのは、確か第二回からだったと記憶する。これから名人に会いに行こうとする高校生たちを夏の盛りに東京で集合させ、数日間の事前研修会を開く。「聞き書き」のノウハウを指導しなければならないからだ。「聞き書き」のプロである小説家の塩野米松氏を中心にスタッフが講師となって指導する。その一環として、「聞き手」の仕事を生業としている私に声がかかった。「高校生にインタビューのコツを教えてもらいたい」という依頼を受けたのが発端である。

研修を経て、秋から冬にかけて高校生たちがそれぞれに取材を実行し、レポートを無事に完成させた後、翌年の三月に再び東京に結集し、優秀作品の表彰式に参加する。その際、選ばれた優秀作品三点の制作者である高校生と、取材を受けた名人を舞台に上げ、感想や苦労話を聞く。そのトークセッションの司会進行役を塩野氏と私が務める。事前研修会では、「ちゃんと話が聞けるかしら」と不安そうな表情を見せていた高校生たちが、表彰式では一転して、世話になった名人に気を配り、自身の意見もしっかり言えるほどに成長している。もちろん、全員が成功したかどうかはわからない。中には上手に話を聞けず、あるいは文字起こしに手間取り、はたまた大学受験の準備が迫ってきて思うように構成作業が進まなかった生徒もいたと聞く。優秀作品に選ばれた生徒の中にさえ、「方言が強すぎて、最初、話がぜんぜんわからなかった」とぼやく生徒がいたり、「緊張しすぎて何も質問ができず、名人が一人で喋ってくれました」という生徒もいたりした。「人生観が変わった」と興奮気味に語りながら、「ならば将来の夢は？」と聞くと、「サッカー選手。初めて名人が大木に登るのを見たときは猿かと思った。あんな仕事、僕には無理無理」とケロリと答えた男子生徒もいた。そりゃそうだよね。名人に対して深い尊敬の念が生まれたとしても、人生観が変わるほどの衝撃には繋がらないのが普通だなと、私は笑って納得したものだ。

しかし、先日、第十七回の表彰式に参加して、改めて驚いた。これだけ長く続けていると、当然のことながら高校生だった参加者が大学生や社会人になっている。毎年行われる「聞き書き」プログラムの手伝いのほとんどはＯＢたちが受け持ってくれているし、また、一部のＯＢたちの発案により、「共存の森」と題した地域での活動も全国各所で始まった。さらに、林野関係の仕事に就いたり、OB同士が結婚し、過疎の山村に移り住んで活動しているケースもあるという。そんな先輩たちのその後が積み重なってきたので、このたびの会合では、新たな企画として「OB討論会」が行われた。

壇上に上がったOBの一人、Sさんは現在、博物館で働いている。十年ほど前、「聞き書き甲子園」に参加したとき、Sさんは茅葺き屋根の職人を訪ねた。そのときの衝撃的体験に端を発し、学校を卒業したのちスウェーデンを訪れたら、当地にも茅葺き屋根があることを知り、そこから彼女は燃えた。茅葺き屋根の研究を深めたいと思い立つのである。茅葺き自体は保存されていても、ほとんどの人が、その裏に秘められた繊細な技術や効用を知らない。もっときちんと技の本質を伝える人間になりたい。その結果、野外博物館の学芸員を目指すことにしたという。

「今はまだ、夢半ばですけれど」

遠慮がちに言うけれど、今後、どう人生が展開するにしろ、高校時代のあのひと夏の経験がしっかり軸となって彼女の心に生きているのだ。その軸を出発点にして、一つずつ前に進んでいるのは確かである。今でもときどき名人の言葉がSさんの頭に蘇るという。

「金残してよいけどが、跡さ残ることを残すのが自分の商売だと思ってる」

いい言葉だ。Sさんは、名人から長い人生を生き抜くための大事なポイントを伝授されたのだ。

いいなあ。ふと我が人生を顧みた。私が高校生だった頃、いったい何を感じ、何を考えていただろう……。なあんにも考えていなかった気がする。試験勉強がつらくて、親と衝突しては泣き、早く父親から解放されたいと切望するだけの日々だった。が、そのために社会へ出て自立しようなどとは微塵も思わず努力もせず、ひたすらステキな王子様が現れることを夢見ていたのである。ああ、なんと無為な青春時代であったのか。

「OBから、今の聞き書きに参加している高校生たちにメッセージはありますか？」

司会者（私ではない）に促されたSさんは、少し首を傾げてからさらりと答えた。

「今はまだ、自分が何をしたいか、何になりたいか、わからない高校生が多いと思います。私だって今でも迷うことだらけです。でも、名人に出会ったことが自分を支えてくれている。だから皆さんも急いで決める必要はない。ただ、せっかく出会った生涯の宝だけは大切にしてください」

なんてこった。私より半世紀近く若い人が、この情報とデジタルにまみれた現代にいながら、しっかり気づいている。まいったね。

そういえば、初詣のおみくじに書いてあったっけ。

――慎みを持ちなさい。

老いては若者に従え。偉そうなことをほざいている場合ではなくなった。

慎む心

前の項でチラリと触れたが、今年の正月、近所の神社へ初詣に行き、ついでにおみくじを引いてみた。初詣はここ数年、習慣としているが、おみくじを引くのは初めてだ。すると、まあいろいろ書いてあったなか、印象に残ったのは、「慎」という一字である。

そうか、今年は謙虚になれということだな。心に期して帰宅した翌日、宅配便が届く。何かと思って包みをほどくと、以前より懇意にしている仙台のお寺のご住職様からの新年のご挨拶と届け物だった。品のいい蕎麦猪口である。やや青みがかった釉薬の表面に、美しい筆字にて書かれていたのは、

「慎む心」

なんというタイミングであろう。続けざまに私は神様仏様から、念入りなる戒めを

受けた気持になる。偶然か、はたまた必然か……。

重ね重ねの忠告をありがたく思ったものの、その時点ではさして深く受け止めていなかった。ところがそれから数ヵ月、この戒めはジワジワと私の心に鉄拳を打ちつつある。

先日、ある食事会でおおいに盛り上がった。対談でお会いしたのち、「今度、ウチの家族も一緒にご飯を食べましょうよ」とお誘いいただいた。女性はそのゲストと私の二人。残る五人はすべて老若含めて男性だった。一同が席に着くや会話が弾けた。次々に話題は移る。言いたいことがどんどん出てくる。供せられる料理はどれも美味。ワインが進む。そして気がつくと、テーブルにはオンナの声しか響いていない。私と女性ゲストが交互に発言のバトンをやりとりするばかりで、五人の男たちは黙々と耳を傾け、ときおり笑い声と相づちを使って加わる程度である。

まずいぞ。

途中で気づかなかったわけではない。多人数の会合では会話のバランスがなにより大事である。私が進行役を務める討論番組（つまり『ＴＶタックル』ね）でも、心がけるのは会話が偏らないようにすることだ。声に勢いのあるコメンテーターたちが激論を交わす隙間に割り込むのはなかなか難しい。まして新人ゲストは戸惑ってあたりまえだ。そのことに司会者である私は気づいてあげなければいけない。ずっと黙って目を白黒させているゲストにそっと視線を向けて、「さあ、今ですよ！」と発声を促すのが私の役割である……はずなのに、ああ、情けなや、おお、情けなや。司会業のプロがこんなことでどうするか。

そうなんです。最近、新たな自分に気づいた。すなわち、普段、人の話を聞くことを商売としている私は、立場から解放された途端、爆発する癖が顕著になってきた。おそらく反動と思われる。他人の話を長時間、黙って聞くにはエネルギーがいる。ときどき頭が別の方向へ向かったり、無性に自分の話をしたくなったりするが、聞き手という身分であるかぎり、極力それらの衝動を抑えなければならない。相手の話に集中し、理解しようとつとめ、そして、話がスムーズに流れるよう気をつけながら次の質問に移る。ニコニコ楽しそうに見えるでしょうが、これでなかなか集中力を要するのでありますよ。

そもそもが無口とはかけ離れた性格である。以前、『聞く力』という本を上梓したとき、子供の頃から親しかった友達に言われた。

「アガワもこの本、読んだほうがいいよ」

昔から私のことを知っている友達は皆、承知している。放っておいたら私はいつまでも喋り続けることを。しかし、対談ゲストはそう思っていないだろう。対談後に再会したら弾丸のように喋りまくる私を見て、露骨に呆れられたことは、くだんの会食の席が初めてではない。

「図に乗るな」

生前、父はことあるごとに私を睨んでそう言った。オンナがキンキンカンカン、正論をぶちまけるほどみっともないことはない。自分が正しいとばかりに喋りまくると嫁に行けなくなるぞ。大正生まれの男尊女卑、自らも決して無口でない父は、娘に対してよく釘を刺した。別に私は図に乗ってなんかいませんよ。心の中で反抗しつつ、ときおり飲み会の帰り道、あるいは酔いが醒めた朝方に、父の声が蘇ったものだ。

父が亡くなったあと、父の旧知の友人であった脚本家の倉本聰さんに言われた。

「サワコちゃんさ、お父さん亡くなって、まるで圧力釜の蓋がぶっ飛んだみたいに爆発してないか？」

決してお叱りの声ではなかったが、確かにこの二年ほど、かなり伸び伸び生きている節はある。

「そうかもしれません。今後、気をつけます！」

爆笑しながら答えたが、その後、心の底から気をつけたかどうか。はなはだ怪しい。理由は一つ。以前のように、忘れた頃に父から電話がかかってきて、「珍しくお前の番組を見たが、どうも感心しないね」などと苦言を呈される恐れがなくなったからである。直接、目撃されていないとわかっていても、その緊張感は、父が生きているうちは続いていた。

先日、珍しく自分の出ている番組を見て、画面に映る自分に突っ込んだ。

「お前、図に乗ってるぞ」

言葉遣い。態度。返答の仕方。あらゆるところに謙虚さが感じられない。世の中の多くが自分より歳下になると、無意識のうちに態度は大きくなりがちだ。自信と慎み深さは紙一重である。不安なうちは遠慮がちになるが、自信がつくにしたがって、なにかにつけて「自分のせいではない」と上手《うわて》に出始める。前期高齢者になって初々しくするのも気持が悪いだろうけれど、経験を自信につなげつつ、頭を垂れる稲穂にならねば。

「このところ、自分がちょっと図々しくなってきた気がして……。反省してるんだ」

仕事仲間に宣言したところ、

「え、アガワさん、今頃、気づいたの？」

こういう言葉にも言い返しません、しませんとも。謙虚だからね、私。

涙のわけ

涙が止まらない。

悲しいわけではない。悲しくないのに止まらない。止まらないことが悲しい。

家で化粧をし、いざ出陣とばかりに威勢良く玄関を出て、通りを歩き出すとたちまち流れ出す。風が吹くと頰を涙が伝う。陽の光に当たると目が潤む。せっかく塗ったファンデーションが、あれよあれよと思う間に禿げ始め、マスカラが目の下に滲み出る。これから仕事だというのに、なんてこった。早くもパンダである。

花粉症ではない……と思う。目が痒いわけではない。鼻水が垂れることもない。多少、パソコンで目が疲れているきらいはあるが、痛みを伴うほどではない。どうすりゃいいんだ？ってね。相談されてもこっちは医者じゃないんだからと、読者諸姉に怒られそうですが、まことにもって困っておる。

「それ、ドライアイですよ。そうじゃなければ花粉症ですね」
花粉症の秘書アヤヤが同志を得たりとばかりに断言するが、ならばどうすればよいのか。ドライアイだとして、ドライにならないよう目薬をさせばいいのか。さしてみたが、涙とともに目薬が流れ出て、ファンデーションがさらに滲む。

もともと涙が出やすいタチではある。歳とともにどうも涙腺が緩みがちになってねえと、同世代ないし諸先輩は口を揃えておっしゃるが、私は若い頃からずっと涙腺が緩い。最初から緩かったのが、歳を重ねてますます緩くなったということは、あるかもしれない。

そもそもの泣き虫気質は遺伝だと思われる。父は広島の小学生の頃、「ミーソー、ミーソー、泣きミーソー」と友達にからかわれてよく泣いていたという。子供時代にかぎらず、大人になり、老いてなお、我々子供の前でもはばかることなく父はよく泣いた。

昭和天皇陛下がお隠れになったとき、生放送で追悼番組を放送した。その際、司会進行役の私の隣に、皇室の思い出を語るゲストの一人として父が出演した。陛下のことが大好きだった父は、懐かしいＶＴＲがモニターに流されるたび、感極まって目を赤くする。喪服のポケットからティッシュを取り出し、涙を拭い、鼻をかみ、かんだティッシュを私に差し出す。

「おい」

おいと言われても、私はゴミ箱じゃないんですけど。かすかに眉をひそめるが、ここで親子喧嘩をしている場合ではない。生放送中である。しかたなく私は受け取って、でも捨てるところがない。席を離れて捨てにいく時間もない。やむなく私は父の鼻水と涙がたっぷり含まれたヨレヨレティッシュを自分の喪服のポケットに突っ込む。そして再び懐かしのVTRが流れると、父はまた涙目になり、ティッシュを取り出して鼻をかみ、当然のように私に手渡す。その日は民放にもコマーシャルタイムがなかった。私は長時間にわたる生放送が終了するまで、父のばっちいティッシュを服の内側に隠し持ち、陛下をお見送りするはめとなったのであった。

そんな父の娘である。涙と無縁であるわけがない。では私の涙はどういうタイミングに溢れ出るか。高校時代の女友達の言った言葉が記憶にある。

「私、悲しいとか感動したとか、そういうときに涙は出ない」

へえーと私は驚いた。

「じゃ、どういうときに泣くの？」

「悔しいときと、頭にきたとき」

彼女は無類の負けず嫌いだったから、そうなのかもしれない。人それぞれに涙腺の刺激ポイントが違うものだと感心したのを覚えている。振り返って私はどうかと自己分析してみるに、我ながら範囲が広い。ほんの些細な刺激ですぐに涙が出る。昔、弟がテレビばかり見ているのを叱りつけ、「いい加減に消しなさい！」と怒鳴った直後、画面を見たら『はじめてのおつかい』の予告編が流れ出した。幼い子供が重い買い物袋をぶらさげて健気に歩いている。その姿を見ただけで涙が出た。すると弟が呆れたように呟いた。

「姉ちゃん、予告編だけでよく泣けるねえ」

弟だけではない。私が簡単に泣けることは、数年前のドラマ出演のときにも露呈した。こう言ってはなんだが、感動的なドラマだったのである。人の台詞を聞いているだけで泣ける。まして自分が思いを込めて一言を発しようとすれば、声に出す前から目がウルウルし始める。最初はみなに褒められた。

「アガワさん、泣くシーンが上手」

しかし最終回の頃にはやや冷ややかな目を向けられた。

「よく泣けるねえ、いつでも」

これほど簡単に泣ける私が子供の頃、なぜか父に激しく怒鳴られている最中には涙が出なかった。むしろ冷めていた気がする。ところが怒鳴られた後、しぶしぶの体で父に謝り、まもなくして、

「わかったならよろしい。食卓について、お前も、いっぱい食べなさい」

打って変わって優しい声で父に言われると、たちまち涙がどっと溢れたものである。緊張が解けると泣けてくるのかもしれない。

インタビューをしているときにも、しばしば涙が流れ出る。もちろん、ゲストの話に感銘を受け、あるいはつらい労苦に同情し、はたまた「よかったですねえ」と困難を乗り越えたゲストの安堵の気持が移って涙する。でもときどきは、そうでない場合もある。スタジオのライトのせいか、乾燥した空気のせいか、定かな理由はわからないけれど、意味なく水分が目のまわりにタラタラと垂れてくるのだ。でもゲストは私の顔を見て、「やだ、アガワさんまで泣いてくださって」と、ますます目を潤ませて、互いに抱き合ったりする。そんなとき、私は秘かに陳謝する。いえいえ、違います、

あなたの話に涙しているわけではないのです。でもそんなこと、こんな感動的なシーンで言えますか？　もちろんたいがいは、感動して泣いているんです。どうか誤解のないように。嘘泣きではないんです、ホント。ああ、泣けてくる。

ホノルル今昔

ご多分に漏れず、私もこのたびの大型連休を利用して、ハワイなんぞに繰り出した。四泊五日。七年ぶりのホノルルである。

ここ数年、テレビの取材旅行で海外へ行く機会はあっても、休暇を取ってパスポートを使ったことが長らくなかった。うううう、バケーションが欲しい！　そう叫んでも、結局、なんだかんだでスケジュールが埋まり、まとまった休みを取ることができなかった。が、今回は、ゴルフ仲間が当地で還暦のお祝いをするという。ホノルルで集合しましょうと二年ほど前から誘われていた。そんな甘い囁きをされたところでたぶん行けないだろうと半ば諦めていたのだが、「こういうチャンスがないと、せっかくのお休みを無為に過ごすことになりますよ。早くチケット買ってください」と有能なる我が秘書アヤヤが背中を押してくれたおかげで決行と相成った。

さてしかし、アチラへ行って何をするか。もちろん還暦友人仲間と食事をしたりゴルフをしたりする予定は立てているが、それ以外の時間はどう過ごしましょう。荷造りをしながら考えた。

「水着、いるかねえ？」

「使わないいんじゃない？」

「ちゃんとした靴、持っていく？」

「ゴム草履でだいたい済むと思うけど」

これ、いちおう夫婦のやりとりです。こうして吟味熟考した末に、靴はサンダルとゴム草履。服はゴルフ用以外、ムームー二枚。相方もシャツと短パン各二枚程度。そして念のため、水着もスーツケースに突っ込んだ。

私の持っているムームーは七年前にワイキキで買ったものである。近年ますます腹部周辺が膨らんできたとはいえ、サイズに支障をきたすことはない。なんなら高校一年生の初ハワイ旅行の際、アラモアナセンターで買ったムームーだって入るぞ。そのオレンジ色のムームーはたしか十三歳用だった。買い物に連れていってくださった当地の日系二世、ミセス・トキオカは、両親の古い友人で、初めてのハワイ訪問の際、たいそうお世話くださった。

「オゥ、あなたタイニーね。大人用のムームーは大きすぎる。子供服売り場よ」

試着してみると、たしかに丈も幅も、ティーン用がぴったり合う。そのムームーを私は大人になってからも長らく愛用した。今回、持っていこうかと思ったが、サイズは合っても柄がいかんせん可愛らしすぎる。十三歳用を六十五歳が着ていいのかね？　しばし躊躇して、留守番させることにした。が、ハワイで着ずしてどこで着る気だ、私？

思えば私がハワイを初めて訪れた頃からだったと記憶する。父はハワイにすっかり魅了され、年に二回ほどのペースで訪れるようになった。父、唯一のバブル時代である。

「おい、今度は誰が行きたいかい？　サワコ、連れてってやるぞ」

ありがたい父のお言葉だ。が、心中では葛藤があった。すなわち、旅費その他の経費を父が持ってくれる代わりに、父のお世話をしなければならない。ハワイに行って親を放って勝手に遊び回ることは許されない。食事も父の意のまま。夜は父の脱ぎ捨てたパンツやシャツを洗濯するのが娘の務めというものだ。

もちろん「買い物に行こう」と父が言い出せば、アラモアナでもカハラでも、ステキなショッピングセンターを歩き回ることができないわけではない。ただし自由時間を厳しく制限される。一度、カハラのショッピングモールに行き、「俺はあっちで買い物があるから、お前はその間、好きに買い物をしてきなさい。三十分後にこの駐車場で会おう」。

三十分。それだけ？　と反論する余地はない。私は慌てて走り出す。何が欲しい。何を買おう。どの店がいいかしら。あちこち早足で歩き回り、迷いに迷ってようやく濃いピンクのTシャツとペイズリー柄のスカートを試着して、ハワイアンタイムののんびりした親切な店員さんに、「オー、グッドチョイス！」なんてお世辞を言われつつ会計を済ませ、慌てふためいて駐車場に戻ってきたら案の定、父の鬼の形相が待っていた。

「たかが買い物にどれだけ時間をかけるんだ。約束を守れないなら二度と連れてこないぞ！」

さんざん怒鳴られて、私はいい匂い（なぜかハワイではデパートの包装紙までいい匂いがした）のする紙袋を抱えながら、車の中で泣いた覚えがある。

久しぶりにホノルルを訪れて、父と来た頃の緊張に満ちた日々のことがあれこれ蘇ってきた。ワイキキの横断歩道で怒鳴られた。運河沿いのタイ料理屋で初めてトムヤムクンというスープを飲んで、あまりの辛さに仰天した。ハナウマベイで水中眼鏡と足にフィンをつけ、カラフルな魚の軍団を追いかけるうちに、いつのまにかはるか沖へ出てしまい、焦ったこともある。そのときも砂浜に戻ってくると、陽に焼けて赤くなった上半身をさらし、仁王立ちをした父に、「いったいどこまで行ってたんだ!」と叱られた。

父は自分の滞在中に友人がハワイへ来ると、嬉々として案内係を買って出た。海水浴は簡易のシュノーケリングを楽しめるハナウマベイ。食事は中華料理なら京津（今はない）、タイ料理はケオス（当時はキングストリートにあった）。そしてデザートはカパフル通りにあるパン屋の揚げパン、マラサダ。父の案内コースは完璧にセットされていて、誰も文句を言えないが、たいていの場合はたいそう喜ばれた……はずだ。

年月を経て、ホノルルの街もだいぶ変わったかに見える。ハナウマベイは入場ルールが厳しくなり、あの頃のように自由に入れない。父の気に入りのレストランも移転したり閉店したりしている。しぶしぶ父の後ろをついていき、たまには他のレストランにも行ってみたいと内心思っていたけれど、なくなってみると懐かしい。

おっと、気づいたら父の思い出話になってしまいました。このたびのホノルル紀行はまた次の機会にて。

ウーバー・ナウ

七年ぶりに訪れたホノルルで最も驚いたのは、ウーバータクシーの存在である。つまり合法的白タクとでもいいましょうか。普通のタクシーとは違い、ドライバーはすべてシロウトさん。いかなる認可システムになっているのかは知らないが、少なくともタクシー会社の経営によるものではなく、車にも料金メーターや行灯《あんどん》はついていない。なんらかの方法でウーバードライバーの登録をした人が、自らの車を使って営業する。そういう車がどうやって客を拾うのか。反対に利用者はどうやってウーバータクシーを拾うことができるのか。その鍵はスマホにある。事前にウーバーアプリをダウンロードしておいて、必要なとき、そのアプリを開く。すると今、立っている場所の周辺に何台ぐらいのウーバータクシーが流れているか、表示された地図上にアイコンで示される。続いて「目的地」を入力すると、たちまち数台のウーバーから反応が返ってくる。「これから伺いますよ」というレスポンスだ。同時に料金、車種、待ち時間、ドライバーの名前や国籍などが表示される。さらに、「評価度」も出てくる。これまで乗車した客が点数をつけるからだ。利用者はそれらを総合的に判断し、一台を選択する。選択の基準は自由。評価点を重視するか、料金で判断するか、車種で選ぶか。よし、この車にしよう。決めたら一台選んで、「完了」ボタンを押す。まあ、料金の安い順に選ぶのが通常のようですが。そしてまもなく指定したウーバーらしき車が目の前に停まれば、ナンバーが一致するかを確認した上で、ドライバーに声をかける。

「ジムさんですか？　アガワです」

「はい、ジムです。どうぞ」

　乗り込んだあとは、さらに手間要らず。すでにドライバーは目的地を知っているし、運賃はクレジットカード引き落としなので、下車するときにお金を払う必要も生じない。

　ってね。こういう現代のニュースシステムに驚いた勢いで書いてはおりますが、書きながら思いますね。ほんの数十年前は、歩きながら電話をしている人を見ただけで違和感を覚えた。かけてきた人の電話番号が電話機に表示されるだけでも感動した。そんな「仰天」の数々は、あっという間に日常と化す。きっと日本でも、いずれウーバータクシーが日常化される時代は訪れるであろう。あの頃、アガワさんったら、あんなに驚いていたけど、今や常識よねえと、笑われる日はそう遠くない。

でも、今は驚くのよ。驚くと同時に警戒もする。大丈夫なの、そんな白タクに乗って？　私も当初はそう思った。しかも外国である。言語不行き届き地理不案内ゆえに騙される恐れがあることは否めない。

「大丈夫。タクシーより安いし、レンタカーだと駐車場や飲酒のこと考えなきゃならないでしょう。ぜったい便利！」

海外のウーバー事情に詳しい仲間に語気強く説得され、一応、事前にウーバーアプリをダウンロードしてみたものの、本当にすぐ来てくれるのかしら、アヤシイ運転手さんに当たったらどうしようと、猜疑心をたっぷり抱いてホノルルに到着した。

そして恐る恐る試してみた。実に便利である。しかも、評価点制度になっているおかげか、四泊五日の滞在中、十五回ほど利用したが、どのドライバーさんも極めて紳士的、概して口数少なく、見事な安全運転で目的地まで送り届けてくれた。ドライバー側にしてみれば、評価点を意識せずにはいられないのだろう。余計なお喋りをしたり乱暴運転をしたりしたら、たちまち評価が落ちてしまう。そして利用者に選ばれなくなる。

もっとも途中で知ったのだが、評価するのは客だけでなく、ドライバーが客を評価する欄もあるそうだ。ウーバー体験をある程度積み重ねないと評価点には繋がらないらしく、私の点数は表示されなかったが、長くハワイに滞在していた友達は、

「ボクの評価点、四点！」

五点満点の四点と知り、得意顔だった。利用者側が高得点を取る要因として、態度もさることながら、チップのはずみぐあいも関係するようだ。運賃決済はアプリで済ませるので乗車時の支払いは不要だが、それとは別にいくらかチップを現金で手渡したり、アプリを使って後からチップを追加したりすると、それが「いい客」の評価に繋がるらしい。いずれにしても、ドライバーと客の双方で評価し合い、選べるシステムであるかぎり、とんでもない事故やトラブルが起きる確率は低いと思われる。と、すっかりウーバーのよいところばかりに魅了されてしまった私としては、なぜこのシステムが日本で広く普及しないのか疑問に思う。行政上のさまざまな壁が立ちはだか

っていることは容易に想像できるけれど、もしウーバータクシーが日本全国で広まったら、高齢者の運転事故を減らすことに繋がらないだろうか。高齢者ドライバーの免許証返納が促進されるかもしれない。加えて、運転の得意な人の就業先としても、新たな道が開かれると思う。反対を唱える側にはおそらく、「もし白タクが事故を起こしたらどうする？」という問題を主張する人がいるだろう。が、その点に対処する制限措置はいくらでも考えられるはずだ。それに、「プロはぜったい事故を起こしません」ということはあり得ない。むしろ、運転に不安を覚えながらも運転せざるを得ない状況にある人々を救う手立てになると思うが、いかがでしょうか。

　そんなことを考えつつ、街中を歩いていると、最近、東京でやたらに目につくのは、「Ｕｂｅｒ　Ｅａｔｓ」の自転車である。日本では、タクシーは普及しないけれど、飲食店のケイタリングウーバーはものすごい勢いで増殖中だ。私はまだ、こちらのウーバーは利用したことがないので、わからないけれど、いずれにしても、人間の移動と食と文化は、携帯電話出現のときと同様に、またもや格段に変化しつつあることは確かである。でね、ハワイで何をしてきたか、一つも触れずにまた終わってしまいましたね。

守るため

長期休暇のしわ寄せで、怒濤の忙しさに追われ追われて、このところ学生時代の試験期間のような日々を送っている。

床族たる私は仕事関係の資料を書斎の床に並べる癖があるのだが、これは明日の対談資料、隣が明後日のインタビュー資料とゲストの著作、ＤＶＤ、こっちは三日後までに読まねばならぬ台本と、順繰りに減るはずのものがどんどん増えていくのはどういうことか。手帳を広げれば、そろそろ連載原稿の締め切りも迫っているぞ。

一つ仕事を終えるやすぐに次の資料を取り上げて、ベッドにごろんと横たわり、いやいや、先に原稿を書き進めようとパソコンの前に座り込み、痛む腰をさすりさすり、原稿のテーマを考えて、思いつかないから対談資料に目を移し、合間に耳掃除をしたりちょっと二角取り（パソコンゲームです）をしたり、はたまた台所に行ってなにかつまむものはないかと冷蔵庫を漁ったり。まさに今日は国語、明日は歴史、明後日は音楽の試験だ、どうしよう、間に合わないと騒ぎながらマニキュアを塗っていた高校生の頃と変わらない。

休暇をたっぷり楽しんだのだから、忙しくなるのは自業自得。わかっています、わかっちゃいるけど、つらいのよ。と、我が身の不幸を憂えていたところ、飛び込んできたニュースに激しく動揺し、つらさが一気に吹っ飛んだ。

昔、弟が通っていた幼稚園は、入園する条件の一つに「園児が自分で歩いて通うことのできる距離に住んでいること」を掲げていた。「自宅から幼稚園の行き帰りの道で、園児がどれほどたくさんの発見をすることか。そんな貴重なチャンスを大人の事情で奪ってはいけない」というのが理由である。素晴らしい考え方だと共感した。私自身、幼稚園や小学校の行き帰り、あるいは長じて電車で通った中学高校の通学路にて、自然に触れて発見したり驚いたり、友達と笑い転げたり思考に耽ったり、寄り道をして先生に見つかったり街の大人に叱られたり反省したりしたときの思い出は数知れない。そこには校舎で学ぶこととは別の、社会の一員になるための小さな修業が詰まっていた気がする。そんな道中に、まったくもって予想だにできない恐ろしいことが起こってしまったら、いったい子供は何を楽しみに街中を歩けばいいというのだろう。

もう一人の弟（私には弟が二人いる）は今、アメリカに住んでいる。彼の地で小学校へ通う弟の次男が先年、夏休みを利用して日本の区立小学校に一週間の体験入学を試みた。日本へ戻る予定があるわけではないが、親としては息子に日本の学校の雰囲気も一度味わっておいてもらいたいと思ったようだ。日本語を喋ることはできるので意思疎通の不便はないにせよ、はたして教育制度の異なる小学校に馴染むことができるのか。

周囲の心配をよそに、当人は体験一日目から早くも友達を作り、あっという間に順応してしまった。それどころか、下校するや、「ねえねえ。〇〇君のウチに遊びに行ってきていい？　誘われたんだ」と言い出した。あげく、それから一週間、ほぼ毎日、放課後になると糸の切れた凧のように、新しい友達の家を転々とまわり、日没ぎりぎりまで帰って来ないという状態が続いた。

アメリカの子供たちは、学校の行き帰りのみならず、友達の家へ遊びに行くことも、親の車の送り迎えなしには出かけることが許されないそうだ。ランドセルを放り出して勝手に家を飛び出す子供はいない。そんなアメリカで生活をしていた甥は、日本の子供たちが親の許可はさておき、自分の足で友達の家を行き来できる自由を知って、狂喜乱舞したらしい。

「日本はいいなあ。友達の家に自分で走って行けるもんなあ。楽しいなあ」

あまりにも興奮している甥に私は注意した。

「たしかにアメリカよりは治安がいいかもしれないけど、それでも交通事故はあるんだよ。人さらいだっているかもしれない。変な人に声をかけられても、ついて行っちゃだめだよ。道路を渡るときは気をつけなさい。六時までに帰って来なかったら、ご飯食べさせないからね」

伯母の身ながら心配は尽きない。でも心のどこかで、けっこうなことだと安堵している。きっとたくさんのことに気づき、ちょっぴり怖い経験もして、自分たちで考えて判断して、そして少しずつ成長していくのだろうと。

もはやそんな悠長なことを言っている場合ではなくなった。自分が親の立場であったら、とうてい子供を一人で外へ放り出す勇気は出ないだろう。一人どころか、たくさんの仲間や大人がまわりにいたにもかかわらず、あんな悲惨な事件に巻き込まれてしまうのである。いったい誰が守ってくれるのか。

早晩、日本でもアメリカ同様の治安対策が講じられるようになるだろう。子供が一人で歩いて外出することは禁止します。十二歳以下の子供に留守番させるのは犯罪です。学校の行き帰りには必ず保護者がつきそうこと。そしていつしか、街中で子供の走り回る姿を見ることはできなくなるのだろうか。

ここからはまったくの門外漢の思いつきですが、せめてもの対策として、学校で、武道、合気道、柔道、剣道、なんでもいいけれど、護身術の精神を教えられないものか。必須科目にして、身体を鍛えるというよりは、危険を予知察知する目を養うのだ。子供だけでなく大人の男女、高齢者に至るまで、もう少し緊張感を持って周囲を観察しながら歩く必要があるのではなかろうか。もちろん、今回のような極めて不可抗力な事件にどれほど役立つかはわからない。しかし、わずかながらでも、不審者から身を守るための意識が養われる気がする。スマホに視線を落として通りを歩いている人々の姿を見ているうちに、ふと思った。とりあえず私も数日前から、人混みを歩くときは周囲の人間一人一人をしっかりチェック確認するよう心がけている。目つきが悪くなっているかもしれないが、ご容赦を。

改良スクワット

私が司会をしているトーク番組に諏訪中央病院名誉院長の鎌田實さんが出演された。鎌田先生はいつお会いしても温厚でニコニコ。チェルノブイリに行ったり、地域医療のために奔走したり、各地で講演したりと、死ぬほどお忙しいはずなのに、いつどこでお会いしても白い顎鬚の上で口元が笑っていらっしゃる。愛くるしい目がすぐ横一本線になって、機嫌のいいアライグマのような顔になられる。こんなにデキた人は私よりずっと歳上にちがいないと思っていたのだが、実はそんなに変わらない。ちょっと上だが、おじいちゃんではない。と、いつもそのことに驚いて（すぐ忘れるのです）、毎回、「えー、鎌田先生、けっこうお若いんだ！」と、同じ会話を繰り返していた。

ところが、今回、数年ぶりにお会いして驚いた。以前と違う。身体が引き締まっておられる。タヌキのようだったお腹がすっかりへこんでしまった。薄手の麻シャツに、上下まっ白のスーツなんかお召しになって、歳上どころか、同世代のようだ。

「前は少しでも細く見せようと思って黒い服ばっかり着ていたけどねえ」

なんとこの三年で体重を十キロ近く落とされたという。

どうやって？

たちまち鎌田先生のニコニコ顔がさらにクシャクシャになった。

「それが、スクワットなんですよぉ。痩せただけじゃなく、腰痛もなくなったんです」

あまりの嬉しさに、先生、本まで出してしまわれた。すなわち、『鎌田式「スクワット」と「かかと落とし」』（集英社刊）というタイトルの著書である。

本の中身は読者の皆様それぞれに検証していただくこととして、素直でない私は最初、かすかに首を傾げた。鎌田先生の話を疑ったわけではない。そうではなくて、スクワットそのものについてである。

ふうん、スクワットね……。

自慢じゃないが、私は長年、腰痛に苦しんでいる。原因がゴルフにあることは百も承知だが、だからといって好きなゴルフを止める気はさらさらない。かといって、徹底的に治す努力もしていない。

一応、整形外科に行ってレントゲンを撮ってもらったが、「腰椎すべり症」の兆候はあるものの、手術を必要とするほどの状態ではないと言われた。鍼に通ったこともあるが、もともと私は先端恐怖症のきらいがあり、「痛くないでしょ？」と言われて、「たしかに」と同意しつつ、腰に「鍼が刺さっている」と想像するだけで、コリや痛みが倍加する。

他にも整体、マッサージ、気功など、人に勧められると「治るかも」という期待を胸に、「神の手」と称する名人をあちこち訪ねたが、芳しい結果は出なかった。

そうこうするうち、わかったことがある。つまり骨の損傷にまで至らぬ腰痛の場合は、筋肉を鍛えることしか治す手立てはないのだと。特に腹筋を鍛えることが大事らしい。

納得した。が、納得したところで痛みが取れるわけではない。むしろ、ここからが試練の道である。そしてここから先が、私の不得手とする世界なのである。

筋肉を鍛えるためには、どうすればいいか。ジムに通う。毎朝、毎晩、体操をする。

床に仰向けになって、両足を揃え、ゆっくり三十度に上げて、ゆっくり下ろす。こんなつまらないことを、毎朝毎晩、何週間も何ヵ月も続けるという芸当が、私にはできない。

「いや、いちばん効果があるのはスクワットですよ。僕は毎朝、五十回、スクワットをやってから会社に来ます。簡単ですよ」

大学時代、柔道部だったという仕事仲間の青年が、いとも軽々と言いのけおった。

「ふうん。どうやるの、スクワットって」

指導を受けると、これが私の身体では簡単にいかない。

「膝を曲げるとき、足のつま先より前に膝頭が出ないように」と言われるのだが、そんな体勢で、どうしてみんな、転ばないのだろう。足のつま先より前に膝を出さないようにして屈伸すると、私は毎回、後ろに倒れる。こんなことを五十回、どうやってこなせばいいのか、とんと理解できない。

「手を前に伸ばしてバランスを取れば、誰だってできますよ」

いえ、できません。できないものはできません！

小さい頃から運動神経はあるほうだと思っていた。卓球、テニス、スキー、ゴルフと一通りのスポーツに挑戦してきたが、「まったく筋がないね」と言われたことはない。むしろ、「上手上手」と褒められることが多かった。そんな私がどうしてスクワットはできないのか。不可解でならない。森光子氏にできて、悪友ダンフミもできて、黒柳徹子さんも一日百五十回を平気でこなすというスクワットが、どうして私にできないのだ。実に忌々しい。

そう思っていた矢先である。鎌田先生のスクワットと出合った。鎌田先生のスクワットは、優しい。最初は椅子を後ろに置いて転倒しないよう防御して、膝の曲げ方もゆるくていいという。がんばりすぎないのがコツだそうだ。なるほどね。そこで私はさらに楽なスクワットを思いついた。

タオル掛けのようなバーを握りながらお尻に体重を乗せて膝を曲げる。これならビクビクせずにできる。バーがなければベランダの手すりでもいい。窓の桟でもいい。しっかりつかんでも動かないものなら、なんでも利用する。その要領で現在、二日目を経過したところだが、こころなしか太ももの肉がかたくなったような気がする。腰痛にまだ変化はないが、これで腰が楽になったらどんなに幸せなことでしょう。

「で、これをどれぐらい続けると効果が出ますか？」

鎌田先生に明るく伺うと、

「まあ、二ヵ月は続けないとね」

ここが問題である。「聞く力」はあっても（あるか？）、私には「継続する力」が、自慢したくなるほど、ない。

文士の子の鑑

同じ文士の子供として、互いに痛みを分かち合ってきた仲間の一人が、このたび大出世を果たされた。某テレビ局の社長に抜擢されたのである。すなわち、遠藤周作氏の長男、その名は遠藤龍之介さんだ。

龍之介さんとは実のところ、子供時代に頻繁に会っていたわけではない。かすかな記憶を辿ると、たしか小学生の頃、軽井沢の遠藤家の別荘へ父に連れられて遊びに行ったとき、私より少し歳下ながら、ヒョロッと背の高い痩せた少年がいたのを覚えている。その日の夜は庭で花火なんぞをして戯れた思い出はあるが、その後、「仲良くなろうね」というほど密な関係には発展しなかった。

龍之介さんだけでなく、今や悪友のダンフミ（檀一雄氏の長女）も、子供時代にはまったく交流がなかった。仲良くなったのは、彼女がすでに女優として活躍を始めたのち、私がテレビの仕事を始めてまもなくの、二十代の終わりのことである。
その他にも、父と同世代の作家仲間でいえば、北杜夫さんのお嬢様の斎藤由香さんと初めて会ったのは、彼女が高校生のときだったし、最近になって、柴田錬三郎さんのお嬢様と、馴染みの中華料理店でちょくちょくお会いするので、嬉しくてご挨拶をする。

幼い頃、たくさん遊んだ覚えのあるのは、同じ公団住宅に住んでいた芥川賞作家の阪田寛夫さんのお嬢様たちである。長女の啓子ちゃんについては以前、この連載にも書いた（『いい女、ふだんブッ散らかしており』に収録）。次女のなつめちゃんは私より三つ歳下だが、のちに宝塚のトップスターとなり、雑誌の対談などで再会する機会が増え、お酒を酌み交わす仲となって旧交を温めたが、若くして病に倒れ、惜しくも亡くなられた。

あとは安岡章太郎さんのお嬢さんの治子ちゃん。幼少時、ときどき家族ぐるみで食事をしたり互いの家を行き来したりしていたが、その後、父と安岡さんが大喧嘩をして会うことがなくなってしまったので、おのずとその子供も会う機会を失った。

しかし、文士の子供というのは不思議なもので、さほど頻繁に会わずとも、どれほど疎遠であっても、心の底で理解し合っているという暗黙の共感がある。目を合わせた途端、ピンとくる。おそらく同じ気持だろうと察し、思わず抱きしめたい衝動にかられる。

文士たる父親が、お酒を飲んだり騒いだり、ムキになったり大声を発したりしている傍らで静かに待機しながらも、子供同士は無言のうちにチラチラと視線を合わせ、こっそり心で会話するのだ。

「お宅も、大変ね」

「お互い、苦労しますね」

それが文士の子供の共通認識というものだと、幼い頃より感じていた。そんな我々文士の子たちは長じてどうなるか。

私自身に関して言えば、幼い頃よりあれほど父の不機嫌の脅威にさらされて、まず、小説家という職業とはできるだけ距離を置きたいと欲し、自らが文章書きになる気なんぞ、さらさらなかった。まして憎からず想う殿方が、「僕、実は小説家になるのが夢でした」なんてほざいた途端、「はい、さようなら」と宣言する覚悟を決めていた。いつ平穏で、いつ爆発するか予測がつかない火山のような人間と生活をともにするのは、もう勘弁だと本気で思っていた。

そんなマイナスイメージしか抱いていなかった「もの書き」に、なぜ私もなったのか。自分でもわからない。だから今の同居人も秘書アヤヤもまちがいなく迷惑を被っている。いつの頃からか、私は「小弘之」と呼ばれるようになった。父とそっくりらしい。

さて、遠藤龍之介社長もまた、近年ますます父君に似てこられたとお見受けした。社長就任後にお会いしたので、「おめでとうございます」の挨拶ともども、昔話に花が咲いた。

「お宅も大変だったでしょう？」

これまでにも遠藤家の「ひどい目エピソード」はたくさん伺ってきた。父君が一時期はまっていた催眠術の相手をさせられて、「お前は眠くなーる、眠くなーる」の末に、「身体が鋼鉄のようにかたくなり、何をのせても重く感じない」と、仰向けに寝かされた龍之介ちゃんのお腹に昔のブラウン管型テレビをズドンとのせられた。たちまち「重い！」と思ったが、ずっと我慢をしたという。なんと従順な息子だろう。それだけではない。今回、新たな「ひどい目事件」を披瀝してくださった。

「物心ついて最初の思い出ですが、僕がお絵描きをしていたら、父が書斎から出てきて『絵を描いてあげよう』とクレヨンを持って僕の前で描き始めたんです」

遠藤パパは、描きながら解説をつけた。

「お家がありました。太郎君が住んでいます。太郎君はひとりでお留守番をしていました」

龍之介ちゃんは喜んだ。たしかに今、母親が留守で僕は留守番をしている。太郎君の寂しい気持が自分に重なった。遠藤パパは、さらに手を動かした。

「二階建てのお家でしたが、突然、二階から火が出て……」と、赤いクレヨンで家の二階を塗りたくる。

「火事になりました。大変だあ。どんどん火は大きくなって、太郎君はお父さんにもお母さんにも会えないまま、死んでしまいました」

遠藤パパはそこまで描くと、淡々と書斎へ戻っていったという。そして龍之介ちゃんは悲しみのどん底に突き落とされた。

でも、私は思う。見た目は父上に似ておられるとはいえ、あの恐怖と悲しみを笑い話に変換して乗り越えられたのだ。この先、どんなひどい目に遭おうとも、驕らず威張らずユーモアを忘れず、部下を大切に思う立派な社長の責務を全うされることであろう。文士の子の鑑である。

我が父はさんざん家族を泣かせた末に、いつもこう言った。

「いいか、これでもウチはまともなほうだと思え。遠藤の家を見ろ、北の家を見ろ」

「あ、ウチの父も同じことを言ってました。俺は阿川より北より、よっぽどまともだって」

遠藤社長がこんなまともな人間になられたのは、はたして父上の教育の賜物か。あるいはご本人の努力の成果か。たぶん後者ですね。

健康診断とは

八年ぶりに健康診断を受けた。

会社勤めをしていないと、定期的に健康診断をする習慣がない。自治体から「健診についての大切なお知らせ」という郵便物は届くのだが、義務ではないだろうと思ってついサボる。ま、どこも具合の悪いところはないしと甘く考える。あるいは心の片隅で、今、内視鏡検査なんぞをしてポリープがありますなどと言われても入院している暇はないぞ、という考えも浮かんで、秘かに無視を決め込む。

そんなわけで切迫した体調不良の兆候がないかぎり検査を受ける気になれず、今に至る。ではなぜ今回、英断したか。

ウチの相方が、呟くのである。

「なんか最近、目がしょぼしょぼして、疲れやすい」

それって、私と暮らしているストレス？

その真偽はさておき、たしかに改めて眺めてみると、こころなしか痩せたようにも思われる。結婚したら亭主というものは一般的に「幸せ太り」すると言われるが、ウチの場合は、「ストレスやつれ」しているのかもしれない。なにしろ年齢が年齢である。もはや古稀を超えている。七十年も生き続けていれば、身体のどこかに不調が生じて当然だ。しかも最近知ったことには、糖尿病の典型的な症状に、「目がしょぼしょぼする」「疲れやすい」「体重減少」というのがあるそうだ。ぴったり当てはまるではないか。

にわかに心が騒いだ。

「そりゃ、検査しなきゃダメだよ。私も長らく受けていないから、一緒に行こう！」

検査嫌いの相方をなだめすかして、ようやく予約を取り、いざ病院へ。急な申し込みだったので、内視鏡検査は後日改めてということになり、とりあえず、血液検査、尿検査、脳のＭＲＩ、心電図、それらに加えて私には、子宮のエコー検査と、死ぬほど痛いマンモグラフィー検査が追加され、結果を待った。

数日後。

担当のお医者様と面談をするため、病院へ赴くことになったのだが、事前に電話で、

「ご主人は多少の前立腺肥大以外、極めて健康体。糖尿病の兆候は見られません。むしろアガワさんのほうが心配です」

と、言い渡された。

どういうこと？　これって、お見合いのつきそいのつもりで同行した友人のほうが見初められて結婚することになるとか、お姉ちゃんにくっついてオーディション会場へ行ったら、妹のほうが合格しちゃったとか、そういったたぐいの話？

なんだか解せない。

文句を言っても始まらないので静かに医師の話に耳を傾けたところ、すなわちこういうことだった。

「動脈にかなりの硬化が見られます」

その件については過去に何度も指摘されていた。五十代にして「七十代後半の動脈」と言われたこともある。近所の診療所にて数年前から「コレステロール値を下げる薬」を処方されていた。どうやら私の血管は、年齢のわりに極めて細いらしい。その理由が後天的な食生活習慣のなせる業か、はたまた血管の細い家系なのかはわから

ない。私自身は後者だと思っている。現に母は以前から「血管が細い」と言われていたわりに九十一歳の今に至るまでとりあえず生きている。まあ、途中で狭心症の手術をしたり、認知症になったりしてはいるけれどね。それでも細いなりに細々と生き延びているのだから、娘の私もなんとかやりくりできるのではないか。そう楽観視していたのだが、面談した医師は同意してくださらない。

「いずれにしろ、この細さを放っておいちゃダメ」

そして、処方されたにもかかわらず、薬を飲んでいないと白状するや、

「ちゃんと毎日、飲みなさい。死ぬまで飲み続けなきゃ」

と厳命された。しかし、風邪を引いたときに数日間飲む抗生物質ぐらいならなんとか継続できるけれど、生涯、毎日、欠かさずと言われると、続ける自信がない。なにしろ「継続する力」のない私である。

ちなみに動脈というものは、「頸動脈」でチェックするのが常らしい。

「どうして頸動脈なんですか?」

お医者様に伺うと、

「人間の動脈の中で、頸動脈がいちばん身体の外側近くを流れているんです。つまり

エコー検査で見えやすいから」

なるほど。

「頸動脈の様子がわかれば、だいたい身体全体の動脈の様子も推し測ることができます」

なーるほど。そして私の動脈は、

「頸動脈だけでなく、MRIの結果、脳の動脈もかぎりなく細いことがわかった。つまり、あなたの血管の中には石灰質が溜まりまくっているってことですね」

しかし、これだけ医学が進歩したならば、

「その石灰質ってのを、排水管高圧洗浄みたいに、ばあっと流してくれる薬はないんですかね？」

冗談半分、質問すると、「今のところないです」とあっさり。そして、「このままにしておくと、いずれ血栓が血管で詰まって、脳梗塞、あるいは心筋梗塞を起こす恐れがある。とりあえず糖質を控えた食事を心がけてください」と厳しく申し渡されてしまった。

以来、私は毎日、血をサラサラにする薬を飲み、大好きなご飯は軽く一膳にとどめ、大好きなビールを飲もうとすると、「小さいグラスにしなさい」と相方にたしなめられ、玉ねぎと納豆を大量に購入し、イタリアンレストランへ行ってもパスタは注文せず、「肉はいいらしいよ。肉を食べなさいよ」と友人に勧められ、白ワインを飲もうとすると、「赤ワインのほうがいいんだってさ」と別の友人に注意され、朝、パンにバターを塗るときは一瞬の躊躇を覚える日々である。かたやすっかり「健康体」と太鼓判を押された相方は、ビールをグビグビ飲んでおるのだが、その姿を横目にしながら私は思う。

はたして健康診断は、したほうがよかったのだろうか。

あとがき

自然災害があとを絶たない。ことにこの秋口はひどかった。空も海も川も山も雨も風も嫌がらせのように暴走を繰り返し、繰り返すだけでなく、力を増して容赦なく日本列島に襲いかかってきた。

「六十五歳以上の高齢者は、早めの避難を心がけてください」

台風接近のニュースを見ながらふと気づく。そうか、私もその範疇か。

不愉快なわけではない。が、自覚があまりにも薄い。そりゃあ、アンタはまだ前期高齢者の仲間入りをしたばかりだから自覚がないのは無理もないだろう。そう笑う人がいるかもしれない。しかし、たぶん……たぶんではあるが、私より歳上の七十代や八十代の方々とて、自分を「高齢者」とはまだ認めていないだろう。身体のあちこちが痛み、若い頃のように俊敏に動けなくなっていることは事実と認識しつつも、「いやいや、ワシは大丈夫。まだ老人ではないさ」と。

現に今回の台風のときも、「ちょっと川の様子を見てくる」と言い残し、そのまま行方不明になった高齢者がどれほど多かったことか。
「七十いくつの人が川の氾濫する様子なんか、見に行っちゃ危ないでしょうが」
ニュース画面に向かって私は毎回、咎めていたが、きっとご本人は、「いや、俺は大丈夫だよ！」と自信たっぷりに雨合羽を羽織って外に飛び出していったにちがいない。

話がずれるが、私の伯母（今年百十一歳でまだ存命）は、老人施設に入った九十七歳当初、すでにもの忘れの兆候が表れ始めていたのだが、伯母に親しく話しかけてきた伯母より若い老婦人の話をずっと黙って聞いたのち、そのご婦人が去ってから、私にこう言った。
「今の方、呆けなさっておられたよ。同じ話を何回も何回も。ああはなりたくないもんだ」

誰しも他人の老化には敏感ながら、自分自身のこととなれば楽観的に考えがちである。

本書は、『婦人公論』に連載中の巻末エッセイ「見上げれば三日月」のうち、二〇一六年七月二十六日号から二〇一九年九月十日号までに掲載された中から四十二篇をまとめたものである。一冊目の『いい女、ふだんブッ散らかしており』に続く二冊目の単行本化となる。このたび改めて読み返してみると、自らが前期高齢者になる前後の時期でもあったせいか、老化にまつわるブツブツ文句が多かった。

老化した自覚は薄い。しかし意識していないわけではない。あるいは、否応なしに他者から意識させられる機会が増えた。そういう年頃なのだろうか。

花の色はうつりにけりないたづらに
　我が身世にふるながめせしまに

だからなんだ！

強気になったり弱気になったりを繰り返す。年齢なんか関係ない、いくつになっても新たな挑戦はできるのだと明るく笑い飛ばしながら、ときどき心の奥で、「日毎に弱っていく現実を思い知り、その楽しみと哀しみを噛みしめることも無駄ではない」となだめ諭す自分がいる。ここに書き散らした駄文の数々は、老人への道を歩み始めた初心者の戯言と受け止めていただければ幸いである。

本書をまとめるにあたり、連載同様、マルーさんにお世話になりました。マルーさんが描いてくださったとびきりお洒落な表紙絵のおかげで、また読者を騙して売り上げが伸びることを願っております。加えて書籍編集部の藤平歩氏には、いつも極めて穏やかに、「いいですね」「これでいきましょう」と、力強く励ましていただいて、これまた感謝の念に堪えません。

読者の皆様も、お買い上げくださり、まことにありがとうございました。どうか存分に、老人若葉マークの踏んだり蹴ったりを笑ってやってくださいませ。

二〇一九年十一月

すがすがしい秋の晴天に包まれて

阿川佐和子

文庫版あとがき

本書は『婦人公論』にて「見上げれば三日月」のタイトルで二〇一六年から二〇一九年にかけて連載したエッセイのうち四十二篇を選んで単行本化したのち、しばしの時を経て、このたび数滴の美容液を加えた上で、可愛い文庫の大きさに変身させ、皆様の前にお披露目できる運びとなりました。ありがたやありがたや。

ご承知のごとく、ここに書いた日常の戯言は、すべてコロナ騒動以前、東京オリンピック前、加えてロシアのウクライナ侵攻前、個人的には私が六十代半ばの時期に、出くわしたり感じたり考えたりしたことである。優雅にハワイ旅行をし、国内各地にも出かけ、他人様と密に会い、友達と集まって騒ぎ、街中を出歩いて、とにかく頻繁に動き回っていたことを思い出す。ついでに花粉症でない私はどこへ行くにもマスクをつけていなかった。

あれから三年あまりの月日が経ち、新たな生活習慣にだいぶ慣れた。マスク装着はもちろん、目的地で手指消毒をすることにも帰宅して手洗いとうがいをしっかりすることにも、人と接するときは心なしか距離を置こうとすることにも、まるでそんなことは以前からの習慣でしたと言いたくなるほど自然にできるようになっている。ときどき忘れるのは寄る年波のせいであろう。

そしていつのまにかロックな女になっていた。ロックって、六十九歳のことですけどね。

まあ、コロナのせいで年齢がスピードアップしたわけではなく、コロナ騒動がなくてもそれだけの年月を経れば着実に六十九歳になるのであって、すべてをこの混沌と不安の時代のせいにしてはいけないが、この三、四年はまさに光陰矢のごとしの感が否めない。

さて、そんな厭世的な気持になってばかりもいられまい。本書のエッセイを改めて読み直して考えてみたのだが、自分を取り巻く環境が、このエッセイを書いた後に大きく変貌し、ドキドキヒヤヒヤギスギスし始めたにもかかわらず、思えば当時と今の生活はそんなに大きく変わっていない気もするのである。

もちろん、旅の頻度は確実に減ったし、外食の機会もまだ少なく、相変わらず家で献立作りに格闘する日々が続いている。だからといって大いに不満なわけではない。かろうじてこの歳になっても仕事に恵まれ、友達にも恵まれ、家庭もほどよく円満。こんなありがたいことがあるだろうか。節電をしつつも夜には湯たんぽを入れて暖かい布団の中に潜り込むことができて、爆弾が落ちてくる恐怖に脅かされることなくたっぷり睡眠を取り、なんとかコロナにもインフルエンザにもかからず（今のところ）、腰は痛いけれど歩行困難になるほどの重症には至らない。小さい声で言えば、ご飯を作っているときは、まさにばあさんのごとく腰をかがめて歩いているのに、ゴルフをするときはルンルン走り回ることができるのは、どうしてでしょう。

もちろん、ときどき思う。ああ、もう一度ハワイへ行きたい。イタリアもいいなあ。マスクから解放されたらさぞや気持いいだろう。野菜が高くなったなあ。対談の準備が間に合わない。締め切りがきつい。部屋が片付かない。

でも、文句と理想を言えば切りがない。むしろ野放図に便利で自由で快適ではない時代だからこそ、気づくありがたみが増えたのではないか。

娘時代、父はことあるごとに子供に言い聞かせていたものだ。

「贅沢を言うな。いったい誰のおかげで、学校へ行けると思ってるんだ。誰のおかげでご飯が食べられて、誰のおかげであったかい家にいられると思ってるんだ！」

叱られるたび、私は泣きながら唱えた。

「お父ちゃんのおかげ、お父ちゃんのおかげです」

父亡きあと、私は自分が文句タラタラになったとき、心のなかで自問する。

「贅沢を言うな。いったい誰のおかげでこんな暮らしができると思ってるんだ！」

続いて答える。

「コロナのおかげ。コロナのおかげです。じゃなきゃ、気づかなかったもん」

ロックな女に成り果てて、これから本格的な老人時代を迎えるにあたり、文句と憂いと腹立ちと郷愁の呟きが倍増する前に、自分にしっかり言い聞かせておかなくてはなるまい。つらさのうしろには必ずささやかな喜びが潜んでいると。

本文庫をまとめるにあたり、書籍編集部のいつも大らかな藤平歩氏にはまたもやたっぷり支えていただきました。そして文庫用として新たに、思わずプッと吹き出したくなるほど魅力的なストレッチタヌキ君を描いてくださったマルーさんにも心から感謝いたします。

二〇二三年一月
小さな小さな桜の蕾を見上げながら

阿川佐和子

本書には『婦人公論』に「見上げれば三日月」のタイトルで連載されたエッセイのうち、二〇一六年七月二六日号〜二〇一九年九月一〇日号掲載分から四二編を選んで収録しました。

『老人初心者の覚悟』　二〇一九年十二月　中央公論新社刊

JASRAC 出 2210300-309

中公文庫

老人初心者《ろうじんしょしんしゃ》の覚悟《かくご》

2023年 2 月25日　初版発行
2023年12月10日　9 刷発行

著　者　阿川佐和子《あがわさわこ》

発行者　安 部 順 一

発行所　中央公論新社
〒100-8152　東京都千代田区大手町 1-7-1
電話　販売 03-5299-1730　編集 03-5299-1890
URL https://www.chuko.co.jp/

ＤＴＰ　平面惑星
印　刷　大日本印刷
製　本　大日本印刷

Published by CHUOKORON-SHINSHA, INC.
Printed in Japan　ISBN978-4-12-207317-3 C1195